邓一光南方短小说
Deng Yiguang's Southern Short Fictions

IV

你可以让百合生长

Make the Lilies Grow

邓一光 著

南方传媒 | 花城出版社

中国·广州

图书在版编目（CIP）数据

你可以让百合生长 / 邓一光著. -- 广州：花城出版社, 2025.6. -- （邓一光南方短小说）. -- ISBN 978-7-5749-0514-6

I . I247.7

中国国家版本馆CIP数据核字第202563DF08号

你可以让百合生长
NI KEYI RANG BAIHE SHENGZHANG

邓一光／著

出 版 人	张 懿
责任编辑	林 菁　杨柳青　李 卉
技术编辑	凌春梅
装帧设计	韩湛宁+亚洲铜设计
肖像摄影	吴忠平
封面摄影	韩子墨
出版发行	花城出版社
经　　销	全国新华书店
印　　刷	深圳市福圣印刷有限公司
开　　本	787毫米×1092毫米　32开
印　　张	8.75
字　　数	162,000字
版　　次	2025年6月第1版　2025年6月第1次印刷
定　　价	398.00元（全7册）

版权所有·侵权必究。如发现印装质量问题，请与出版社联系。
联系电话：020-37604658　37602954

I

第一爆

II

我们叫作家乡的地方

III

香蜜湖漏了

IV

你可以让百合生长

V

抱抱那些爱你的人

VI

带你们去看灯光秀

VII

我在红树林想到的事情

IV

你可以
让百合生长

Make the Lilies Grow

目录
contents

乘和谐号找牙
001

你可以让百合生长
019

你可以看见前海的灯光
109

出梅林关
137

轨道八号线
165

想在欢乐海岸开派对的姑娘有多少
195

纪念日
223

后半夜
245

乘和谐号找牙

我的牙掉了。

这倒也没什么，谁的牙都会掉。问题是我的牙不是碰掉的，也不是长智齿拔掉的，而是自己不见了，忽然之间就不见了，这就成了一个问题。

那天我和一位朋友吃饭，朋友把一筷"上汤皇帝菜"举在鼻尖前目光奇怪地看着我，好像我是皇帝或者皇帝菜什么的。然后他慎重地宣布，我的牙齿少了一颗，是臼齿，也就是右上颚的第二颗。

那天深圳阳光明媚，没有台风，也没有阴霾。事情的确有点儿出人意料。

我的上司和同事都不相信会发生这种事情。牙齿不会自己跑掉。但事实上，它离开的时候没有给我打招呼。文博会几天后就要开幕，世界大学生运动会响哨的时间也不到半年，我知道牙齿失踪这个事件影响十分恶劣，我必须尽快把偷偷溜掉的牙齿找回来。至于找回来以后怎么办，那是另外一回事，我会在另一个故事里对你们说。

我决定去广州找我的牙齿，乘"和谐号"。

之所以选择乘坐"和谐号"去广州找牙，不是我对"半小时经济圈"和"同城化"主张有什么好感。我不是中国铁路大步迈进高速时代的拥趸，我只是在广州中山医院看过牙，又不愿在拥挤的广深高速公路上读完科马克·麦卡锡的《路》，这才选择了"和谐号"。

"白长了一口牙。"给我看牙的中山医院名医皱着眉头往我河马一样张大的嘴里看了一眼。"等于一堆毫无用处的珐琅石。"他用权威人士的口气说。

我倒没什么,我怀疑我的牙齿记住了名医的话。这句话有点儿恶毒,伤害了它们的自尊。它们经过激烈讨论,决定派出一颗牙齿去名医那里要求昭雪,或者报复一下他。我的右上颚臼齿,也就是右上颚的第二颗牙齿被推选出来完成这个任务,这就是它悄然失踪的原因。

深圳火车站里挤满了行色匆匆的过客,没有人能够分辨出他们当中谁是去香港购买限量版LV新款包的兴奋的哈尔滨女人,谁是刚刚搜空了公司保险柜急匆匆去广州与姘头会面的男人。这不关我的事。我只是去找我的牙齿,我的牙齿和别人没有关系。

车快驶离站台的前几十秒钟,她上来了。她是一位年轻女人,穿一套双褐色香云纱套装,同样款式的扫地风衣,吃力地拖着一个巨大的包裹。她在车厢门口绊了一下。乘务员抢上一步搀扶住她,在她身后把门关上,然后走掉。"和谐号"无声无息滑出站台。

她拖着巨大的包裹往车厢里走,一路上磕磕绊绊。有人不耐烦。深圳是一座文明城市,广州是一座文化城市,来往于两地间的旅客有修养,这一点谁都能够理解。

她有点儿困惑,一双柳叶似的细眼睛快速地打量着四周,大概拿不准她巨大的包裹应该放在什么地方。她挺迷人的,长长的脖颈,颧骨突出,肤色黝黑,像个倮倮人。我对倮倮人没有研究,只是觉得倮倮人这个名字好听。但她的确挺迷人。

我不知道我是怎么想的。也许因为她有一头乱糟糟的黑发,神情疲倦,看上去需要人帮助,而且是细心呵护的那种帮助。总之,我站起来,向前迈出一步。

"我来帮你。"我说,"把它放到后面去吧。"

我接过她手中的行李。那个巨大的包裹非常重,大约是一口38寸的软面箱子,用一块黑白相间的化纤布针脚严谨地从外面缝纫上。她松了一口气,让我把行李提到车厢的接头处,把行李安置在最后一排座位的后面。

等放好行李,回到座位上,我乐了。

她已经坐下了,正在快速地取下围脖,并且打量四周,熟悉身边的乘客。她的围脖也是香云纱的,不是双褐色,是淡雅的双蓝色,一面深,一面浅。我不知道这是不是说明她养过变色龙这种宠物。

我不是因为她的双蓝色围脖乐。她坐着的位子是1号车厢22座,那个座位正好是我的,我花一百块在售票窗口买的,我站起来之前正是坐在这个位子上。好像她认识这个位子,或者说,她认定这个座位就是她的,现在她坐在那上面。

"没关系。"我不想让她感到窘迫。反正不是在星际列车上。这得感谢地球还能够承担人类的任性。"座位很空,你随便。如果愿意,你甚至可以每个空位子轮换着坐一次。"我说。

我拿过自己的提包,去了车厢的另一个地方,找到一排完全空着的位子坐下,从书包里取出书。大卫·卡特的《蝴蝶与蛾》。这是一本很不错的书,配有法兰克·格林纳维的摄影照片,多林·金德斯利出版社"自然珍藏图鉴丛书"中的一本。你要知道那些蝴蝶和蛾有多么了不起,它们迷住了人类。我只是有些替蛾抱不平,它们和蝴蝶同属鳞翅目,却被人类忽略了几百万年,这是不应该的。

我看了半页书,她过来了,在我对面坐下,看我。

"放心,没有人动你的魔瓶。"我放下书,安慰她,"我是说,没有人会动你那个神奇的包裹。亚运会刚结束,人们还沉浸在亲兄弟的美好回忆里。而且,我们是在'和谐号'上。"

"您真会开玩笑。"她说,眨了一下眼睛,快速打量了一下四周。我发现她那双细细的眼睛长得挺有味道。她眯缝着它四处打量的时候,有点儿像困倦的毛色迷人的阿帕卢萨马的样子。

"我坐了您的位子。我坐了您的位子,对吧?"她说,"我头一次坐这趟车,有点儿紧张。您能原谅我吗?"

"非得这么认真？"我说。

"嗯。"她看着我认真地说，"我有强迫症，轻微的。你可以把它当成道德洁癖。"

我看着她。她在双褐色外套中穿着一件雪白的竖领衬衣，宽花边衣袖罩住半个手掌。衣领有些皱褶，但纤尘不染。看来她没有撒谎。

"好吧。"我说。有时候我喜欢马，比如阿帕卢萨这种有着古老斑点的乘马，它们是一些神秘的家伙，常常做出令人吃惊的事情，也许这应该感谢阿帕卢萨河谷里那些内兹佩尔塞印第安人。

"您真好。"她说，放松下来，把一只黑漆皮便携手袋放在身边的空位上，再放上那条双蓝色香云纱围脖。

"你可以把座位放下去。喏，按钮在你的右手边。"我向她建议，对于使用GUCCI牌手提袋的女士，这个建议是必要的，"你可以安静地打个盹儿。全程行驶一小时十分钟。我猜你是去广州。我可以替你看着包裹，如果你放心的话。"

我重新拿起书。但我没看下去。她没有采纳我的建议，腰身笔直地坐在我对面，细细的眼睛看着我，咽了一口唾沫。看上去她有点儿紧张。

"您能和我说会儿话吗？"她说，听起来不像祈使语，而像要求，"我不知道，也许我的要求有点儿无理。"

我明白。这倒和方式无关，也不是她口渴。她被什么东西困惑着。她在寻求帮助。我是说，继续帮助。

我放下书，这次是把书收进书包里。我先问她是否需要我替她叫一杯咖啡。她需要安静下来。"和谐号"提供这样的服务，二十五元一杯，不算贵，味道也凑合。她拒绝了。

我告诉她，一般来说，"和谐号"上的乘务员会在开车之后几分钟来查一次车厢安全。不是查乘客有没有带易燃易爆品，这个在上车之前已经查过了，她也不例外，应该知道。遇到城际间某座城市有重要事件的时候，比如开亚运会的时候，还得加查身份证。这个经验她没有，好在她躲过了，不用费力地在面膜、去油纸和紧急避孕用品中尴尬地寻找没精打采的身份证。

"'和谐号'规定，超大物品不能放在货物架上，他们是来检查这个的。"我告诉她，"这不算过分，对吧？"

她对我说的内容不感兴趣。但她在听，偶尔用细细的眼睛快速地打量一下四周。看起来她对环境不太信任，并且警惕性很强。

我们旁边的座位上是两个来自新干线家乡的日本男青年，其中一个安静地在笔记本电脑上读着什么，另一个大声地打着移动电话。再过去一排是一个玩着iPhone游戏的女孩，以及一个神情倦怠呆呆地望着窗外的长发中年男子。

"'和谐号'是城际列车的名字。这个名字没有什么创意。"我换了个话题。话题这种东西就像城际列车，有人到广州，有人到珠海，到珠海的不会对广州感兴趣。"有人把'和谐号'比喻成珠江三角洲的血管，这个比喻很形象，你说呢？"

我没说另外一件事，我在很长一段时间里遏制不住地想，血管我知道，通过血管输送的那些血液是谁，它们是不是健康，是不是快乐，这个我怎么知道？但我对血液更感兴趣。你想啊，血管是干什么的？要是没有血液，血管还有意义吗？我的朋友批评过我，说我心理阴暗，但我就是不能驱赶走想了解血液的奇怪念头。

"您能不能告诉我，您为什么乘坐'和谐号'？"她打断我的话。

她的问题让我一时答不上。我为什么？她干吗问这个？这是一个遥远和生疏的问题，我完全没有想过。我有很多事情都没有想过。我已经习惯了不去想那些没有实际用处的事情。我可以告诉她我乘坐"和谐号"去干什么，比如关于牙齿的事情，我可以从"上汤皇帝菜"说起。我也可以告诉她，"和谐号"是珠江三角洲地区的一种新型交通工具，每隔十分钟，所有的重要城市就会有几趟"和谐号"驶出，去别的城市。当然，也会有几趟别的城市发来的"和谐号"驶入站台。这个解释会得到城市客运部门的支持。但是，她的问题太奇怪了，我为什么乘坐"和谐号"？这算什么问题？

"您是不是去找一样丢失掉的东西?"她看出了我的窘迫。她不是一个喜欢废话的人。"那个东西在城际间的另一头。"

"你怎么知道?"我吃了一惊,下意识地往后靠了一下身子,"你说得对,我去找我的牙齿。是臼齿,我的一颗臼齿掉了。"

"您没有掉过牙?不会吧?"她好奇地打量着我,目光中有一种不太高兴的成分,好像我在欺骗她。

"我过十二岁生日是很久以前的事情了,这你应该能看出来。"我开玩笑。

"我知道,知道。"她善解人意地挥了挥手。她的手腕很细,手腕上有一只什么植物做成的木质手镯,这让她像一个刚刚获得了自由的无畏斗士。

"我没法向上司和同事交代。"我不能说得太多,有关文博会和大学生运动会的事情,这关系到一座城市的荣誉,"就是说,我不能做一个缺乏诚信的人,对吧?"

那个打电话的日本年轻人回头朝我们这个方向看了一眼,又开始了一个新的电话。年轻人声音很大,像在一个广场里做大型演讲。他不断冲着空气真诚地点头。嗨。他说。嗨嗨。iPhone游戏还在快乐进行。面向窗外的发呆也在继续。相比较,日本人更讲究时间效益。

"您想不想听我的故事?"她问。

"关于臼齿的吗?"我有点儿说不准。

"我的臼齿很好。不光臼齿，门齿、犬齿，它们全在，连智齿都没掉。"她把嘴张开让我看。她的牙齿的确很好，像戴芬斯牌首饰盒里的一件件精巧首饰。"一个梦。关于一个梦的故事，您想听吗？"

她并不是在征求我的意见，关于我是不是想听她的故事这件事，她完全不在意我的想法，反正她就讲开了，连一秒钟都没有停下来。

日本年轻人还在打电话，口气越来越热情，声音大到每个人都发狠地想学日语，然后用学来的语言大声命令那小子住嘴。iPhone 游戏和窗内的发呆仍然在继续。我怀疑我们这节车厢里没有三十年前的深圳人，那个著名的口号[①]已无传人。

"和谐号"在樟木头车站停了一分半钟。有人下车。我们的座位上来了一位高高大大的英俊小伙子。他看了一眼年轻女人，用更长的时间看我，目光中有一种狼见到了狼的警觉。

"对不起，你坐了我的位子。"小伙子对我说。

我从座位上站起来。年轻女人几乎跟我同时站起来。她拉着我的手，不由分说把我领到隔壁的座位上。

我觉得有什么事情不对劲。我朝最后那排座位看了一眼。那个包裹还在那里，没有人从它身边走过。

"他问我，你到底是怎么想的，事情真的不可挽回

---

① "时间就是金钱。"

吗?"年轻女人坐下后,立即开始接着说她的故事,好像什么都不能打断她,没有什么可以打断她,"他气坏了,暴跳如雷,伸手去抓雷明顿猎枪。子弹是我装上去的。几小时前我们刚刚猎袭过一条丛林蚺。我知道他的脾气。他完全绝望了。"

"那,你怎么回答?"我配合地问,一边想,她刚才讲到哪里了?

"还能怎么回答?"她奇怪地看着我,好像我背叛了她,"这算问题吗?您怎么会这么想?我怎么能够回答这样的问题?"她的口气里有一种明显的气愤。

"那倒是。可是,我的意思是,你不能不回答呀?"我说,心里想,不回答,是不,还是不能够,我怎么知道?

"问题就在这里。没有人知道。我也不知道为什么要上这趟列车。没有人告诉我它叫'和谐号',这和我有什么关系?我讨厌雷明顿,它能把一头两千磅重的大象打得飞起来。"她急匆匆地说,"您有香烟吗?请给我一支。"

"香烟倒是有,可是,"我说,坐在那里没有动,"是'好日子'牌,深圳产的。也许你听说过,挺不错的牌子。"

"明白了。"她属于冰雪聪明的那一种女人。她从身边抓过双蓝色围脖,在手中神经质地团着。

"对不起。"我抱歉地说。

"没关系，我不介意。"她说，"我不该抱怨。谁都有理由。这个世界不光只有一个道理。事情有点儿乱，对不对？"

我能说什么？文明不是我发明的，文明的规则不是我制定的，我也深受其害，而且是永远的受害者。也许我应该在上车之前买一袋零食，"天喔"牌盐焗小核桃或者天山大枣什么的。

有一阵我们没有说话。"和谐号"平稳快速地行驶。有什么在车厢中弥漫，沿着洁净的走道无形地隐近，在距离我们很近的地方停下，默默不语地注视着我们。

那个英俊的小伙子一直在我的视野中，从樟木头车站上车的那一个。他不断地从他的座位上回过头来朝我们这个方向看，这使他的姿势显得十分别扭，让人替他吃力。我不知道该不该建议我的伙伴，重新换一个座位，换到他对面的座位上去，这样我们的关心者就不用扭过身子来费力地观察我们了。

"您想过一个问题没有，您是怎么长大的？"她又开口了。她要晚开口一秒钟我就重新拿出《蝴蝶与蛾》了。

"这个谁都想过，只要你能够长到读书的年龄。"我说，有点儿遗憾地把手从书包上拿开。

"那是什么？"她不看我的手，盯着我的眼睛。这一次她没有把目光从我脸上移开,快速地打量四周。

"父母,或者他们当中的一个养大的。"我有点儿气愤地说,"也有不是父母养大的,是别的亲人养大的。孤儿院的情况不大多见,好像现在大家都不关心孤儿院这种事情了。"

"我就是孤儿院养大的。"她不屑地说,"我不是说真正的孤儿院。我没有见过真正的孤儿院。"

"我明白。就是说,你有父母。"我说。

"当然有。"她不容置疑地瞪了我一眼,"他们活得很健康。我爸爸自己下楼取邮件,要是不遇到兔子——那是一只流浪公猫,名字叫兔子,不是真兔子——他会和门房聊天,直到吃晚饭的时候才回家。"

"我也想这样。"我由衷地说。

"男人都想这样。"她笑了一下说。

"也是。"我松了一口气。

"我妈妈养了很多植物。她是一个有爱心的人。"她说,"孟加拉姜果棕,墨西哥野藿香,鲍尔斯红薄荷,婆罗门老鹳草。您听说过婆罗门老鹳草这种植物吗?"她停下来问道。

"老实说,没有。"我承认,"我不太擅长和植物打交道。你知道的,一般情况下,它们不怎么愿意和人打交道。"

"这就对了。"她满意地说,"您的问题就出在这里。

有一次，我母亲让我管一个女人叫七姨。我从没见过那个女人，哪知道她长得什么样？面目全非，就是这样。"

"这样啊？"我说。

"我不知道自己有多少亲戚。"她显得有些苦恼，不能接受，"我不知道一个人有多少亲戚，我是说，可能有多少。我甚至不知道您是不是我的亲戚。您明白这种事情吗？"

"明白。就是说，事情有点乱，人们的血缘关系出现了问题。"我有点儿迟疑，"对不起，我是不是让你想到了难过的事情？我是说，每个人都有各自的不幸。"

"我为什么要难过？"她不明白地看着我。她的眼睛这会工夫不像柳叶，像寒月下的柳叶刀。"您以为我是冷漠家庭的孩子？您错了，我父母是令人羡慕的一对夫妻，他们从来没有红过脸。我没有兄弟姐妹，是独生女。这回您明白了？"

"没有。"我困惑不解地说，"我越来越糊涂了。"

"您没有过这样的经历。"她下结论说。

"你指什么？"我问。

"什么都不缺，健全得不像话，您能想到的一切您都拥有。"她停顿了一下说。"但他们一个个都从你身边走掉了，还有它们。你拥有过的一切都不见了，谁也指望不上。事情就是这样。"

她的语气坚定到不容置疑。我说不准这是不是因为她有一条双蓝色的香云纱围脖，一张颧骨突出、像傈僳人的脸的原因。

我被她弄糊涂了。我这才想起，她开始讲的故事，在高大英俊的小伙子上车之前讲的故事，我一点儿印象也没有。这让我困惑，越来越困惑。她讲过什么故事？她说到梦，那个梦在哪儿？为什么我想不起来？

还有，她一直称呼我为"您"，而不是通常国人习惯的"你"，这有点儿不正常。但我能有什么办法？我能在什么地方追上她的故事？我从深圳上的车，"和谐号"已经驶过了樟木头车站，就算从头开始，718次列车和736次列车上会发生同样的故事吗？

城际列车在珠江三角洲上行驶，我觉得我离什么东西越来越近，但同时，我有什么东西正在失去。我说不清楚那是什么。我只是想来一杯咖啡，"和谐号"上的。

"事情都会发生，不管您清不清楚。"她看出了我的心思，用嘲笑的目光看着我。"您能想到我失去了什么吗？"她问。

"让我想想。"我犹豫不决。

她不再年轻，不再是少女。但这谁都能看出来，用不着问。我依稀记得她说过有什么人挽留过她，在她的故事里。那是谁？挽留什么？从她的穿着打扮，以及诡谲而昂贵的木质手镯看，她不缺钱。她失去了什么？是那把使用双膛霰弹的雷明顿吗？

"我是一个没有乳房的女人。"她把手中的双蓝色围脖抻平,口气平静地说。

"天哪!"我说,身体往前冲了一下。

"有过。非常迷人的乳房,您能想到的最美的乳房。"她口齿清晰地说,"顶级广告商追踪过我,红丝带也联络过我。现在他们不找我了,因为它们不在了,一点儿痕迹也没留下。"

我能说什么?我有点儿喘不过气来。

"我的身体也不见了。"她继续说,丝毫也不在乎我的感受。

"请别再说下去了!"我的腿肚子发硬。我想离开那里。

"您肯定知道河泥矿物质的事。"她没有放过我,继续说,"我穿着昂贵的香云纱,它的确很美丽。但那里面什么也没有。您看到的只是一套漂亮的衣裳。"

"我不知道。"我口吃道,有一种强烈的想喝水的念头,"这怎么可能?可能吗?"

"什么才可能?"她说,"您根本没有坐错那个年轻人的位子。他从樟木头上车,区间站不卖座位票。我也一样。我根本就没有买票。我不知道去哪儿买。我就这么上的车。我说过,没有人告诉我这是'和谐号',我说的是实话,可没人信。"

我被这个结果吓住了。我有一种想逃离的强烈念头。

她不再说什么，目光突然滞缓下来，看了一眼窗外，把风衣的衣领高高地竖起来，掩住迷人的颧骨，闭上细细的眼睛。那以后我们谁也没有再开口。列车在东莞车站停了一分半钟，驶走了；在石龙车站停了一分半钟，又驶走了。发呆的中年男人在东莞下了车，他的座位上换了一位背双肩包的年轻男人，他对窗外的风景不感兴趣，双肩包珍惜地抱在怀里，爱怜地看身旁的少女玩iPhone。一对年轻夫妇带着一个长着雀斑的可爱小女孩在石龙车站上了车，小女孩挓挲着两只胖乎乎的手不安分地在车厢里跑来跑去。

"和谐号"在广州东站停下。我们下了车。我，还有那个倮倮女人。我们没有告别，连招呼都没打，分别从座位上站起来离开那里，好像我们从来没有说过话，根本没见过似的。

我在人头攒动的站台上停下来，在人流中站了一会儿，被身后急匆匆的旅客撞了几下。我想到一件事——那个年轻女人，她没有拿走她沉重的、用黑白相间的化纤布仔细缝起来的包裹。"和谐号"在我们下车之后开走了。她走在我前面，脚步轻盈，像一缕真正失去了肉体束缚的灵魂，香云纱披风的后摆扫着脚踝，很快消失在流水线似的人群中。好像她忘了自己有一件巨大的、曾经让她吃力地拖着到处行走的行李，或者她有意把它忘在那里。

看来谁都有东西在不经意之中丢失掉。我丢失的是牙齿,别人丢失的是另外的什么东西。

我释然,并且做出一个决定:放弃寻找我丢失掉的牙齿。我挤过行色匆匆的旅客,从那里直接去了售票窗口,买了一张返回深圳的"和谐号"车票,它花了我一百块。

2011年1月4日

于深圳

你 可 以 让
百 合 生 长

一

我把美达揍了。本来不该揍，但揍了。

我们约好放学的时候和周星驰说话。不是香港的周星驰，是高三（一）班的一个男生，学校足球队的左边锋，长得不是一般的帅。他是伊顿公学锁定的目标。也许相反，伊顿公学是他锁定的目标。反正他挺棒的，书包里至少装了三个国际中学生理科竞赛的奖章。至于各种才艺证书什么的，估计他拿过不少，而且他一点儿也不在乎，都给他家那个著名的高尚小区的小弟弟们叠纸飞机了。

我们打算对他下手。我是说，我，美达和朱星儿，我们仨。但美达破坏了计划。

我们在农林路拦住了他。他骑一辆六成新的"三枪"牌自行车，优雅地弓着箭鱼一般挺拔的身子，沿着阳光如洒的马路过来。我们都闭上了眼睛，我和朱星儿。这是规矩，帅哥过来的时候你得闭上眼。你可以把它当作某种仪式，也可以看成是紧张。有时候我会嚷嚷，谁给我可乐，我太激动了，快不行了！但这一次，我没有机会嚷。

在我和朱星儿闭上眼睛的时候，美达离开了我们。这个可耻的叛徒，她朝周星驰冲了过去。我不知道这中间她是不是摔了一跤，或者像风暴过后的帝企鹅一样，张开傻乎乎的大嘴在阳光的照耀下发颤，反正等我睁开眼睛的时候，我勒了个去，她呆呆地站在马路边上，被凤凰木疏漏下的阳光切割得零碎一片，像个刚做完大脑切除术的白痴，而我们共同心仪的王子，却连影子都见不到了。

接下来发生的事情你们已经知道了，我把吃独食的菜花妹揍了。下次她再这样我还揍，揍得她不敢见阳光。我不在乎别人是不是拿我当女座头市。我也不在乎人们用手机下载的那些歌是不是每三首就有一首是由她妈控股的那家著名上市公司提供的。难怪难听。

我得承认，我不是一个好女生。你也可以说我不是女生。没有人把我当成女生。连最有同情心的男生都不会把我当作女生。他们当中的大多数像躲避放射性元素似的躲着我，剩下几个有胆量的，他们拍着我的肩膀管我叫"嘿"。我和学校里的每一个男生刺儿头都打过架。我们互相把对方揍一顿，或者我被他们当中的谁把脸打开花，但通常最后赢的那一个总是我。相信我，如果你被人揍倒了六十次，还能从地上爬起来，随时在他经过的任何一个地方出现，直视他的眼睛冲过去，最终出局的肯定不是你。其实我比男生干得出色。除了不能和他们一起站着撒尿，他们干的那些事我全都能干。因为这个，还因为别的，学校里所有的老师都在校长面前告过我的状。这当然不是什么好事。可我有什么办法？这个世界上有一个糟糕的我不是我的错。

现在有一道题，请回答。

一个14岁的女生，她有一个因为不断复吸因此老在去戒毒所的路上的父亲，一个总在鼓励自己日复一日说大话却缺乏基本生存技能因此不断丢掉工作的母亲，还有一个每天提出一百个天才问题却找不到卫生间因此总是拉在裤子上的智障哥哥，她该怎么办？

就是说，爸爸，一个让你怀疑做人有多么糟糕的人；妈妈，一个让你整天紧张兮兮的人；哥哥，一个让你觉得生活是多么无趣的人。想想这样的事情吧。

我就是这个女生。

我是深圳百合中学的一名特殊学生。作为外来务工特困家庭的子女，我在百合中学免费享受义务教育，同时协助学校的校工做一些杂活儿。你可以叫我学生，也可以叫我打工妹，随便。是社区那些好心的大妈们干的。她们有本事组成庞大的亲友团，为我寻找一个又一个学校，把我像珍贵的熊猫骄傲地推荐给人们，并且用诸如公民社会权利等等语言把任何企图躲避的人逼到社会伦理的墙角里。事情就是这样，好事全让我碰上了，我得认。

我当然有自己的爱好。你也可以说是热爱。这有什么区别？我喜欢唱歌。但我不想像学校百合合唱团那些得意扬扬的小鸟们一样，每天在交掉作业之后不要脸地飞进练声房张开嫩黄的小嘴喊上一个小时。就算在这所二吊子"高富帅"和"白富美"聚集的名校，我是唯一白领课本不交钱的特殊学生，我也不想拥有这种白捡的机会。

我想做一名歌手。我是说，那种不需要和别的什么人乱糟糟挤在一起宣泄青春的歌队成员，而是一个人站在舞台中央，独自歌唱的歌手。

二

我就是这么认识左渐将的。他是百合合唱团的指挥，著名音乐人，我的偶像。我注意他很久了。我很少这么关注一个人。我的耐心有限。我对付不了整个世界。这个世界不属于我，我干吗要关心它？但有的事情你必须有耐心，比如对左渐将，他的出身正好和我有相像之处。关于这件事，我没有告诉他本人，也不会告诉任何人。

"你就是那个乌鸦变凤凰的例子，对吧？"

第一次站在左渐将面前的时候，我这么对他说。合唱团的小鸟们正矜持地从指挥办公室门外鱼贯而过，去练声室。朱星儿的娃娃脸在门口晃悠一下，消失掉。我的注意力全在左渐将那张瘦削的脸上，没有留意朱星儿是否对我竖起小拇指，给我发来一个"NO"的警告。学校活动大楼另一头的乐团里，一支圆号在暗自抽搭。我应该感谢班主任黄莺的努力推荐，否则我根本没有可能踏进合唱团的指挥办公室，但我可不想一开始就让谁拿住。

左渐将坐在乱糟糟铺满了歌谱的办公桌前，费力地佝着背，吃着一片毫无姿色的隔夜面包。我去，他的样子可真是太老太弱了。他有多大年纪？他可一点儿也不像37岁零8个月又21天的男人。我敢保证，如果没有超过一百遍地研究过他的资料，在第一次见到他的活体时，我会拿他当一个随时需要关照的老人。

可是，在听过我的发声之后，你猜他怎么说？"很遗憾，你没有唱歌的天赋。你的声带没有打开。你多大？14？看来打不开了。让我们想想，你还有别的什么兴趣？你为什么不去生物兴趣小组？"

他就是这么对我说的，一点客气也没有。这个结果我早知道，用不着他告诉我。不是知道声带这玩意儿，是知道"打开"。满校园的女生和男生都是花骨朵，都在打开或者已经打开了，可我除了打架斗殴、打碎教学用具、打扰同学作业、打破校纪校规，还没有打过别的什么东西。我这朵蓓蕾没法打开，打不开，情况就是这样。但这个结果还是激怒了我。

"亲，我觉得吧，咱俩都是特殊人物，应该团结一致。"我叉开双腿,摆出一副满不在乎的样子说,"再说,你也不是正式老师。交响乐团什么时候把你开除的?我琢了个磨,你也不光是打开的高手,也有让人踢出场的时候。"

他停下吃面包,回过头来看了看我。不是看一下就把视线收走的那种看,而是坐正了身子,目光集中在我的脸上,全神贯注,认真地看。为这个,他把手中剩下的半块面包放下,好像不那样,他就没法看清我似的。我必须承认,虽然老相,他那张瘦削的脸挺有特点,可怜的周星驰没法和这样苦难的脸比经历。还有,我发誓我能听到他那颗脆弱的心脏在轻轻呻吟。他不就是因为这个才离开交响乐团的吗?

"你从哪儿听说的?"

"全世界的人都知道。不信你问兰大宝。"

"谁是兰大宝?"

"我哥哥。顺便说一句,他是智障。"

他看着我,有一阵没有说话。我当然也没有。我觉得他在倾听大楼对面的那支圆号。他肯定在想,那个执着的高一年级的圆号手怎么会把音准走偏到东部华侨城去的,难道那里有勃拉姆斯的《学院典礼序曲》在等着他?但看上去不是。

"不,我俩不一样。"他开口了,"我不是说,你是学生,我是老师。这个我有经验。有时候,我能从我的一个团员那里学到在音乐学院作曲系没法学到的东西；有时候我能指点声乐系的教授们干点什么，比如告诉他们，他们一开始就错了，他们在干着埋葬工的活。我指的是天才。你不会告诉我你是天才吧？"

他拍了拍手心里的面包渣，从椅子上站起来，扶住椅子背，从桌上拿起两页套谱。看上去他腰疼，需要扶住一点什么。

"正式说明，我不是老师，是义工。"他面无表情地说，"我不在合唱团领一分钱的酬劳，如果不算每天免费喝掉的那几杯咖啡，还有免费使用的A4复印纸的话。我这么说可能有点小心眼儿，可你是由政府资助来学校读书的，对吧？"

太厉害了。即使在费力地站起来的工夫，他说话的时候也始终看着我的眼睛，一眨不眨，而且一下都没有移开。他在运用换气法。

"那……"

"我的话还没有说完。"他阻止住我，不是用手势，而是用他的目光和不容置疑的口气，"在你说话的时候，我会看着你，也许不情愿，但会耐心地听下去，不抢你的话，你也应该向我学习。耐心听完任何人的话对你没有什么坏处。我说的是耐心，不是听话。现在我继续。"他朝手中的套谱看了一眼，再抬起目光看着我："如果不介意，兰小柯同学，你能不能告诉我，因为你协助校工收拾校园里那些美丽和安静到其实完全不必要去收拾的落叶，学校每个月发给你多少助学津贴？"

漂亮的断杀，我出局。我服气。没有什么道理，出局就是道理。谁让我摊上了那样的家庭，那样了不起的父母和哥哥？我活该。

我当然没有告诉他，好心的人们每个月数给我多少张钞票。深圳不允许人们互相打听并且对外宣传自己的工资收入。再说，谁会把工资单里肮脏的内容告诉一个不拿老板一分钱义务打工的高尚的人呢？但班主任黄莺后来向我道歉了。

"你不能和每个老师都说同样无理的话。无厘头也不行。"黄莺老师生气地责备我。"你脑瓜灵活，念头的繁殖能力超强，这个谁都知道，但你总得把握自己，哪怕一次，别像山谷里的风，到处跌跌撞撞，花也拽，草也拔。左老师是受人尊敬的艺术家，学校请他来，可不是让你当春儿糟蹋的。"

"谁去校长那儿告姐的刁状了？"我气急败坏地发飙说，"现在，还剩下谁他妈的没告了？"

我不该和黄莺老师顶嘴，尤其是在她面前说粗话。她就像亲姨妈一样爱我。我怀疑她前世欠了我什么，或者她才是我真正的妈妈，她希望我能变得足够小，缩回到她的子宫中去，再生我一次，这样我就不会出问题了。我敢保证，如果她把浪费在我身上的爱心收回去，用在她那个还在吃奶的孩子身上,她的宝贝肯定会胖成超级婴儿。

这些事情能怪谁?当然不能怪社会,怪不上。公平地说,我所在的社区和学校一点儿也不歧视我,它们就像传说中的诺亚方舟,是猫是狗都能站上一只脚去。我遇到的善良人比我想遇到的还要多。谁叫我生活在一个满是普适诉求和情怀的社会里?拯救弱者符合一个拼命向世界文明靠拢的社会的基本主张。但是,作为家里唯一正常的成员,我每天都在和生活对抗——不是和不正常的生活对抗,而是和正常的生活对抗。这个社会要求人们生活得正常,而我的家庭不正常,我的家人不正常,我也没法让他们正常,除非杀掉他们,否则我就得作为家里唯一的正常人,用不正常对付正常,这样才能使我的家人在做不到的时候,不因为自己的不正常而愧疚和害怕了。

毫无疑问,我是一只还没有发育好的孔雀。你要认为我是别的什么也可以,但我就是这么认为自己的。我想让人们注意我,为我鼓掌,可我怎么都开不了屏。没法打开。打不开了。

三

兰大宝每天都要仔细检查他的眼镜。他没有读过一天书，根本没有资格近视，但他有一大盒各式各样的眼镜。它们都是平光的，或者是下掉了近视镜片的眼镜框。他喜欢戴眼镜，这是他唯一不会被人拿走或者损坏的东西。他戴着眼镜在家里有模有样地走动的时候，我觉得他很了不起，像个令人尊敬的学者。我总是安静地坐在那里，看着他挺着胸脯从我面前走过去，在门口装模作样地巡视一阵，再挺着胸脯走回来。我想哭。

这几天，我没有去废旧物资收购公司为兰大宝讨眼镜。我很忙。我已经把废旧物资收购公司的人烦透了。我和他们吵过很多次架，把他们骂得够呛。他们目瞪口呆，完全丧失了对付我的愿望。再说，兰大宝的眼镜够多了，那些让我想哭的玩意儿够多了。再说，他又把屎拉在裤子上了。

她在卧室里抹眼泪。我说的是我妈。我没法叫她妈妈。她一点妈妈的样子也没有。我觉得要是我叫她妈妈，她和我都会羞愧，我根本叫不出口。她不是为兰大宝的事抹眼泪。那对她来说不算什么。她是为自己。她又被用工单位辞掉了，她为这个自责。她总是被用工单位炒掉。她总是在自责，真让人受不了。

我替兰大宝洗干净身子，换下的屎裤子泡进盆子里，把他收拾好，腾出手，去书包里取出这个月学校发的助学津贴，交给她。我说行了。她不行，继续抹眼泪。我说行了。她拉住我，口齿凌乱地述说她犯下的错误，眼泪弄湿了我的手。我说有用吗？这样的话你说了多少遍？下一次你什么时候被炒掉？

我甩开她的手，走进夹缝似的黑黢黢的厨房。我想我应该找点别的什么事情来做。她跟在我的身后进了厨房，喋喋不休。我不知道我俩谁是妈，谁是女儿。如果我再大几岁，比如我要是18岁，我就当她的妈妈，一个单身妈妈，不要任何只会出现在戒毒所里的男人。我他妈真就做一次妈妈，看看做妈妈能把我怎么样？

"你为什么不数一数钱，再去床头柜抽屉里翻一翻，看看还有没有上个月剩下的零钱，加在一起，再数几遍。"我怂恿她，"也许这个星期他们会让你去戒毒所看他，如果他能够配合治疗的话。他当然能够。他比那些医生的资历还要老，有什么资格不配合？这样你就可以再犯一次错误，买些戒毒所不让带进去的东西给他了。"

"你要我买什么？"她惊慌地问，"我要买吗？"

"为什么不？K粉，火麻，摇头丸，冰毒，香港石，4号，随便什么都行。"我恶毒地说。

"我怎么带进去？他们会检查的。"她胆怯地说，"上一次，他让我给他带点联邦止咳露，我没敢，他很生气。"

靠，她为什么不带支手枪去？那样更刺激，我敢保证戒毒所里会热闹一阵子。还能怎么样？有这样的父母，我正常不了。

我撇下她,揭开锅盖。锅没洗,锅沿上有一圈肮脏的干涸米粒,能看出那是早上残留下的。我想完了,兰大宝中午吃什么?他不会又去社区门口的食品店,堂堂正正地从人家的柜台里拿薯条包,被人攥得满地乱爬,或者去城中村改造工地上给人当口淫角色,换半盒人们吃剩的盒饭了吧?

"晚上咱们吃什么?"她四下看,像在找什么。

"那得看我们有什么。你中午没给大宝做饭?"我能肯定,家里什么吃的也没有。

"我忘了做饭。要不要问问大宝?"她朝厨房外看了看,有些拿不准。

"哪一次他答上过?你为什么又不给他做饭?你是不是觉得他营养过剩?"我接了水洗锅,没好气地说。"他要吃牛郎星,你摘得下来吗?他要吃麦当劳,你肯花那个钱吗?家里有多少钱你不是巴心巴肝地往戒毒所里送?兰大宝不是你的孩子,'他'才是。"我认为她应该离开厨房,否则我没法转身,反正她会把一切应该做的事情都忘掉,只是沉浸在无休无止的自责中。"你能不能自己拿一回主意?你是当妈的,不是我。"

"你说得对,我是当妈的。今晚我给你们做饭。"她被我的话提醒了,探头往水池里看了看,又低头在脚下的一片水渍中寻找着什么,好像那里有两块一毛一斤的镀光糙米或者一块二毛以下打蔫的油麦菜。但显然没有。她花了很长时间来想这个问题，一脸困惑。然后她在逼仄的厨房里用力挤开我，去开碗柜。

我手里的锅被挤掉在水龙头上。这没什么。碗柜的门被她拽了下来。她说哎呀，不知所措地看手里拎着的半扇碗柜门。没等我接下她手中的那块破木头，她又叫了一声。

"钱呢？你刚才说钱，钱在哪儿？你交给我了？你没有偷偷拿回去吧？你买什么不该买的东西了？"

她慌里慌张地抓住我。她把我刚换上的干净衣裳抓出了几只手印，把我的胳膊都抓疼了。那半扇门砸在我的脚上。你可以想象事情有多么的糟糕。

晚饭还是我做。会出现奇迹吗？我找她要了几块钱。我挣的，交给她，她忘记了，我指点她找到它们，再要回来，这样，她这个家庭主妇的身份就能够得到确认了。她不大情愿地数了好几遍钱，找出几张脏兮兮的零头给我，好像钱是她挣的，我要拿去乱花似的。

我捏着几块钱，穿过乱糟糟的城中村，去菜场，顺道解决了一件棘手的事。

你知道城中村这种地方，这里的居民和我一样，也是外来户。这座城市的居民全是外来户，但要分你是无产者还是有产者。不管是哪一种，他们都有自己的麻烦。我也有。我是说，无产者兰小柯和她的家庭当然会有麻烦。

我闯进一栋肮脏的自建房，踢开半掩着的门，一股臭烘烘的臊味差点儿没把我冲倒。两个染了头发脸色暗黑的年轻打工仔脱离纠缠，从床上跳起来，连忙提裤子。其中一个懵里懵懂地说，你来了？

我一句废话也没有，走过去，抓过电视机的插座线，从怀里摸出一把生锈的剁骨刀，用刀刃慢慢地锯电线，锯了十几下，电线断了。

"兰大宝跑掉了，要砍你们，姐没有理由。"我把断掉的半截电线头丢在肮脏的床上，它像一条困惑的蛇舒展开。"下次你们谁再敢把兰大宝往罐头屋里拖，不管他屁股脏没脏，姐会用这把水版张小泉生割下你们的头。听明白了？"

我是说，城中村有的地方，有一种被称作罐头屋的自建房，有时候它们每平方米住着三个人，这里的人们通常很孤独，爆菊有时候不算强奸，但如果被爆菊的是你的亲哥哥，那就不一样了。

我在厨房里做饭。我让兰大宝站在我身边，让他给我唱歌。我在菜场买了几个已经下市的土豆，为这个和卖土豆的小贩吵了一架。当然我没有饶过他，离开的时候多抓了一个土豆。我给兰大宝做他喜欢的土豆烧鸡架骨。上周买的一只鸡架骨，我们还能吃两次。

至于她，她最好坐在屋里别动，免得又做错了什么，那样我们就得再做错一些什么了。

不要一点点,我要非常多;

父母都爱我,作业都及格;

鼻头没粉刺,邻桌是大帅哥;

做错事情没人说,想去天堂能搭上车。

我写的歌。兰大宝唱得不错。他本来就不错,如果"他"和"她"怀他的时候小心一点的话。

"你没有夸奖我。"兰大宝不高兴。

"亲,别那么没出息。难道你不是天下最棒的靓仔?你敢怀疑你不是?不怕我不高兴?"我觉得我可以多放一些油。地沟油吃不死人。"下次不许再去罐头屋,谁夸你聪明你也别去。"

"你没有夸奖我。"兰大宝很犟。

"我真的不高兴了。我刚才对你说的话你记住了没有?现在让我来惩罚你这个垃圾宝贝。"我放下油瓶,用沾满油垢的手捧住兰大宝像一只烤红薯的脸,狠狠地摇晃他,直到把他摇得晕头转向。

"天上会不会掉下一个人,那个人是我?"兰大宝受到鼓励,很兴奋。他摇晃了一下,努力保持住平衡,不肯放弃地继续问他的天才问题。

"等着,掉下来了我再告诉你。"锅烫了。我们都饿了。

"他们说，我是靓仔。那个人就是我。"兰大宝非常固执，他往我身边凑，希望我像妈妈一样的搂住他。

"去把眼镜戴上。戴那只黑框的。我要下锅炒菜了，你必须戴上黑框的我才能把菜炒熟。"我把兰大宝从灶台边推开。我有的是办法对付天才。我才不会崩溃呢。

四

合唱团的小鸟们矜持地从指挥办公室门外鱼贯而过。我看到朱星儿向我投来同情的眼神，好像看着一只折翼的同伴。真让人受不了。

我站在指挥办公室里。左渐将站在我的对面。我知道，有些事情你想摆脱，可就是不可能。难道人们就这么迫切地需要我这种命运的弱者来做他们衡量善意拥有量的天平吗？

你猜对了，歧视和流感病毒一样，如今有了进化后的变种。不是抛弃，是关怀。就是说，你要是不幸做了这个社会的底层人，你就中了头彩，任何时候都摆脱不了不恰当、让你不舒服、因此你决定不需要并且厌恶、但又怎么都甩不掉的关怀。

"我没打算百鸟齐鸣。我不做你的和弦基础。我不参加合唱团。"我毫不领情地看着他说。

"暂时你还参加不了。"左渐将一点儿也没有照顾我的面子，面无表情地说，"我说的是演出。我们先试试你在外声部能干点儿什么。也许我们能试着调整一下伴唱声部，替你在那里找个位置。也许行，但很难说，我尽量把期望值降到可以容忍的程度。"

"我现在可以回教室了吗？我的作业还没交。"我不想在装腔作势的合唱团指挥办公室里继续接受污辱。我打算离开这里，如果他不在我走出办公室的时候拽着我的小辫把我拖回来的话。

"记住，别抢着发声，先训练你的内心听觉。"他好像没有听到我在说什么，皱着眉头，心不在焉地看着窗外什么地方，沿着自己的思路说，然后转回头来。"我们今天学习新的八小节，结束的时候会复习上周教的内容。注意你身边人的嘴形，注意她们对发声器官的使用，注意她们对调式的把握。如果胆子不够大——这好像不是你——头一个星期，你用耳朵。你可以试试闭上眼睛，仔细听。"

我笑了一下。我想到了周星驰。百合合唱团是女子合唱团，团员全是女生，没有帅哥，我不会闭上眼睛。但他没笑，根本不管我在想什么。

"我们练习的这个曲子是一个非洲音乐家写的，他和那些角马、猎豹、大象一样，从没走出过肯尼亚草原。"他又转过头去朝窗外看了一眼。我也朝那里看了一眼。那里什么也没有。

"试试你能不能听见它们。"他收回视线，犹豫了一下。"闭上你的眼睛，让心慢下来，注意听，"他停了一会儿说，"再听，"他说，"继续听。在你全部放松，感觉不到身体存在的时候，慢慢启开你的嘴，看看会发生什么事情。"

我瞪大了眼睛。该死的。我觉得左胸的某个地方像是被什么击中了，咯噔了一下。我盯着他，他却转过身去，走回到桌边去拿起振动着的手机。这个不要脸的俗人。

朱星儿为我的加盟欣喜若狂，她在我走进练声房、别人没留意的时候伸过手，偷偷捏了我一下。合唱团的小鸟们在鼓掌。我快速地看了一下左渐将。

"她们在欢迎新成员。"他看着我，用平静的口气说。然后他转过身去，走到练声房的中央。那里有一把孤独的掉了漆皮的破椅子。

"你们都知道了，这是一支风格化的曲子，一首来自非洲大草原的歌曲。没有人比非洲人更知道大自然的神秘力量。"他扶着椅子的靠背，显得弱不禁风，用手背抹了一下嘴角，掩饰住两声轻咳，手揣回裤兜里。"你们会发现，在使用自己的声音时，它会发生奇妙的变化，几个声部互为照应，整首歌会产生无限关联。"他有一张过于冷静的灰暗的脸，但他的手势却是夸饰的。"我要你们注意象声词。动物警觉的声音、植物生长的声音、阳光穿过溪流的声音、雨水和风声。我要你们记住一个词,挣扎。设想一下,歌唱的不是你,是你的心脏。"他根本没有什么心脏。他在向他的团员们撒娇。"在开始练习之前顺便说一句,今天没有巧克力。这个月花销太大,我的赞助人已经生气了,她威胁要断掉我的干粮,也就是香烟。你们知道,这是我唯一保留的坏习惯。"他真的在撒娇。他甚至因此向他的小鸟们眨了眨他有些虚肿的单眼皮。"所以,练习完了以后,请你们心无旁骛地离开,别用你们埋怨的眼光看着我,那样我会受不了。现在,我们可以开始了。"

小鸟们开心地笑了。练声房里荡漾过一阵风。肯尼亚大草原的味道扑面而来。我像一只走错了家门的傻兔子,不知道该往什么地方去。他就像一个巫师,而那天的我始终没有张开过自己的嘴。

五

左渐将在指挥办公室里等着我。

"乖乖,他会下你的线。他干这种事的时候眼睛眨都不会眨一下,你得忍住疼,亲。"朱星儿离开的时候为我担心。

我不在乎。有什么,不就是让他弄到练声房里当着他的团员们奚落一番吗?谁叫我先奚落过他那颗脆弱的心脏。做了就得认,这个规则我早就接受了,能承受。

"我替你说了吧,我不是这块料,我做不到点缀和填充,我连稍弱的音量和退让的音色都做不到,还有比这个更糟糕的吗?"我走进指挥办公室的时候泰然自若。我站在他面前。我故意站得离他很近,近到他坐在那里必须抬起脑袋来看着我。"用不着对我说抱歉。幸亏你的赞助人拦着没让你继续买巧克力哄你的小鸟们,那样你又会多付一颗巧克力的钱。我这就走。"

说完那番话以后,我并没有离开。也许我应该离开,这样做没有什么意思。

他看着我,有些吃惊。或者不是,是我没有看出他来。他把桌上的一堆乱糟糟的谱子扒拉了一下,拿起其中的一份看了一眼,又放下,抬头看着我。

"你酷爱音乐。"他说,"通俗的说法就是这样。所以你选择到一所以音乐教学为特长的学校勤工俭学。"他微微仰着他的头,"别不承认你没有选择过,社区为你联系的第一所学校不是百合中学,第二所也不是,是你自己提出要进这所学校。别想着去问是谁告诉我这些事情,我不会说是你的班主任告诉我的——因为我对你感兴趣,我逼她告诉我的。"

我乐了。他比资料上的演出照显老,也比资料上的那个著名歌手可爱。我收集资料时漏掉了什么?我开始哼歌。我才不在乎别人怎么评价我。我的事情全学校都知道。但我没有乐多久。

"遗憾继续存在。"他根本不打算听我哼什么，继续说，"你的确没有歌唱天赋，甚至很糟糕。但你不承认，一直幻想有一天能站到深圳大剧院的舞台上去。你一方面故意掩饰你对音乐的渴望，一方面却不敢真正走近它。这没什么，只要不走火入魔，你完全可以成为合唱团中的一员，在节奏性伴唱部或者装饰性助唱声部发挥你毫无修饰的音色。合唱团的姑娘们中，有谁最终能走上大剧院舞台，至今我没看出来。以我的标准，她们都没有天赋。可她们的歌声是真实的，和鸟儿传达出的声音一样的真实，真实到每一次我都得控制住自己走过去拥抱她们的冲动。"他突然停下来，看着我。"你刚才说什么？你什么时候离开？"

"你没打算让我走？"我愣在那里。我觉得我不该口吃。我觉得他太混账了。我就没见过这么混账的音乐家。当然，在他之前，我也没有近距离见过任何活体音乐家。

"谁告诉你我要你离开？"他露出困惑的神色。

"因为，因为我唱得很糟糕。"我口吃得越来越厉害。

"你唱了？"他感到不解，"我就没听见你的声音。你根本就没有张过嘴。整个练声阶段和复习阶段你都在看着我，眼神涣散，毫无主张。如果不算上你把前排团员的辫子打成结这件事情,你几乎什么事也没做。"他停下来,脸上露出疲倦的神色,看上去不想再和我说下去。"好了,我脖子仰累了,现在说另外一件事情吧。你有一件乐器,我没说错吧?"

"尼玛,哪个蕾丝边说的?"我跳起来,有一种被人出卖的感觉。

"谁是蕾丝边?"他愣住。

"你不认识。就是那种装清纯,装无辜,喜欢害羞,喜欢穿粉色装,把肤浅的男人搞得痛不欲生,顺便也搞拉拉的婊子。"

"口嚼糖是我的时代,你们这个时代用什么去掉嘴里的臭味,我提不出什么建议。"他面无表情地说,"简单回答,有,还是没有?"

我去,那把丑陋的、让人笑掉大牙的、被我藏在床下的二胡?别臊我了,打死我也不会说。

"想知道怎么跟上你的同伴,不被他们落下吗?"他用手去寻找椅背,像是想要坐下去。"听好了,每天早上起来,对着你的小镜子——如果没有镜子,可以用窗户玻璃代替——站到它面前,看着那上面的你,由衷地说,你不是最糟糕的,如果你不想糟糕的话。然后,给自己一个微笑。"

"我可以试试。"我忍俊不禁。我又开始哼歌了,"我可以理解成这是你私下给我上的小课吗?"

"我没有向你索要小费的意思。"他从靠背椅边走开，用拳头顶住后背，好像又害腰疼了。我知道那不是。我知道是什么。但我不会再提到它。

"你说得对，我的确被开除了。不是交响乐团，他们没有开除我，他们才舍不得开除我这样的天才。是音乐。"他站下，回过头来，目光平静地落在我脸上。"你没有走近它，或者说，还没有。我走近了，得到了它，成了它宠爱的孩子。可我很快就会失去它。已经在失去了，接下来是永远失去。"他脸上露出沮丧的神色。"真不知道我俩谁的生活更糟。"

"说说你的事。"我来兴趣了。我想看看我的资料中还漏掉了什么，为这个，我愿意原谅他提到我糟糕的生活。我觉得我们扯平了。

"算了。"他犹豫了一下，挥了挥手说。有一刹那，我觉得我看到了软弱，他的软弱。我觉得这不可能。"下次合唱团活动的时候把你的二胡带来。顺便说一句，乐器演奏方面我是高手。你也可以叫我老手、老家伙，随便什么都行。你在心里就这么叫我吧？我不知道除了空气，还有什么不能作为乐器。也许空气也值得试试。"他再度把目光安静地落在我脸上的时候，那里什么也没有。"兰小柯同学，看见有人出丑我会很高兴，但看见有人使用他的音乐权利，我会更高兴。"

这就是左渐将给我上的第一堂课，这个卖萌的老家伙。

六

我踏着肮脏的滑板在阳光下前进。我哼着歌。其实那不是歌,只是我随便哼的一段曲子。我就有这个本事,能随便哼一些曲子。也许我不是凤凰木,但我可以是火焰木、人面子或者大叶紫檀。深圳的植物不止一种,地球上的植物更多,凭什么我就不能开放,这就是我离开合唱团指挥办公室时的想法。

美达和朱星儿在农林路等我。我去的时候朱星儿正在给美达看肚脐上的贴秀,这个从不穿内衣的干物女。这次她换了一只令人恶心的巨钳蝎子。我不明白她为什么不改改无脊椎动物的嗜好。她完全可以试试抹香鲸。

"没想到,你俩都堕落了,悲哀。"美达说。她说的是我步朱星儿的后尘去百合合唱团的事。

"我们有免费巧克力。"朱星儿放下衣裳掩住肚脐说。

"再说,帅哥看腻了,我改口味了。"我说。

"倒也是,一个过气的老帅哥,没什么可看的。"美达欣慰了,"你们听说没有,左渐将的女朋友是'流星'芭蕾舞团的演员,一个超级美人儿。她追了他六年,追一个老头儿,把青春都搭进去了,可这个老头儿就是不娶她。挺可怜的。"

"可怜你妹。"我脱口而出。

"你骂谁?"美达问。

"骂你。"我说,"左渐将那么老,还有心脏病,谁肯跟他?她只不过是他的赞助人,照顾他的生活。"

"可我们都管她叫夫人。前两届的学姐都这么叫。"朱星儿说。

"拜托,吴冰是皇冠上宝石似的人儿,身后跟着上百个脑残富二代,看谁一眼那个人就得跪下去。她只是同情左渐将。再说,左渐将离过婚,谁肯嫁给一台报了废的二手老爷车?"我说。

"也是。"美达同意,"混了这么多年,连套房子都没混上,还住出租屋,要我也不干。"

接下来美达建议去奶茶坊泡一会儿。我没同意。我想抽豪烟,喝豪酒,文身,去小众电影厅泡萌男,可兜里没钱,也不想免费享用珍珠果口味的奶茶。其实不是这个,是"流星"芭蕾舞团台柱子的事。我以为只有我知道,现在连美达都知道了。看来明星没有什么好事,过不过气都有绯闻跟着。

"你们觉得,我要是自杀了,我妈会不会吓一跳?"美达征求我们的意见。

"我晕了个去,有难度。你得把自己弄得很糟糕才行。"朱星儿内行地说。

"我不想动刀子,那样太脏了。跳楼怎么样?"美达问。

"你去迪拜塔。"我建议。其实我的意思是,我希望话题回到"流星"芭蕾舞团的台柱子上去。我不知道自己怎么了,就是赶不走这个念头。

"我真瘦成这样?"美达欣喜若狂。

"才怪。别学你妈,除了打肉毒素不知道怎么活。"我恶毒地说。

"谁叫我是女生。我得把一半精力用在怎么让自己漂亮上,另一半用来对付我爸。"美达愤愤不平。

"你拿什么对付初升高预考?"朱星儿朝我看了一眼,暗中帮我一起下药。

"发挥余热呗。"我幸灾乐祸地支招。我就是这么聪明。

"别提这个。你们谁替我杀掉黄莺大妈,我把周杰伦的签名照送给她。"美达果然上当。

"周董老了。再说,你自己怎么不去?"我说。

"我没时间。"美达犹豫了一下说。

我和朱星儿哈哈大笑。头顶上什么地方传来关窗户的声音。

美达不是我的朋友。我在班上有两个重要伙伴,朱星儿和美达。朱星儿是我的死党,美达是我的死敌。美达是学校一霸,成绩超好,特长超多,会做人,人脉广,当然她不打架,所以才有被我揍的潜质。她凡事都争着当中心,没见过她这么傲慢带愚蠢的女生。我一到学校她就相中了我。还有谁和我一样像一株孱弱又遇久旱的幼苗,接受着那么多甘霖的关怀?我是公民社会里自然的中心,这让美达感到不愉快,但她拿我一点办法也没有。

我是和美达在生理课上结为战略盟友的。那堂课的内容是如何预防艾滋病。这堂课的内容激怒了我。"他"没有艾滋病。"他"从不用针头注射。我是说我爸。上课的老师是外请的,浑身洋溢着公共知识分子天性中的激动。他让我别讲话。我的确在他一脸兴奋滔滔不绝地讲解如何规避滥交行为和独自夜出时应该随身携带安全套的时候和朱星儿偷偷讨论别的事。

"我说总比你说好。"我说。

"为什么?"这就是非职业教师的软肋。如今的职业教师绝不会问学生这个。

"你说的是废话。你当我们是腐女,夜里谁不在家待着狗一样地吐着舌头做作业?你读书的时候,你爹妈会放你夜里出门激情四射?不是废话是什么。"我的反驳引来了哄堂大笑。

他弄不懂什么是腐女和激情四射,生气,说没见过我这样的学生。他请我站起来,出去,立刻。

"穿上你的雨衣,没看到你是和女生在说话吗,不知道唾沫也传染呀?"美达出手了。她气愤地大声指责那位公共知识分子。

美达一剑封喉,帮我干掉了外请教师。她让我臣服于她。我不干。我能臣服谁?

七

今天是个好日子,裕仁天皇宣布投降,我们一家办妥了居住证。当然,裕仁宣布投降是几十年前的事,而且不是我投下的"小兄弟",但这又有什么?只要身份能够确认,谁投降我都欢迎。

我为兰大宝炒了鸡蛋饭。我让他在鸡蛋饭炒好之前不要抠墙皮。房东来收租子的时候已经骂过好几次了,我们出不起更多的房租,只能仰人鼻息。他可以唱我教给他的那些歌,这个符合这座城市的文化主张。兰大宝今天不想唱歌。他很苦恼,有很多问题要和我探讨。

"有时候眼睛睁开天亮了,有时候眼睛睁开天没亮。"

"睁早了天就没亮。"

"他们说我不能找女朋友。"

"他们放屁!"

"为什么我不能找女朋友?"

"让他们说,你等着,女朋友会来找你。"

"要等多久?"

"耐心点垃圾宝贝,你漂亮的女朋友正在路上。"

"她比你漂亮吗?"

"我保证,比我漂亮一百倍。"

"我可不可以当爸爸?我要是当了爸爸,就可以把爸爸当儿子领回家来,我们就在一起了。"

"这你得和他商量。"

"她"去戒毒所了,去看"他",也许很晚才能回来。他们会抱头痛哭,从头哭到尾,花掉所有会面的时间。

我把香喷喷的鸡蛋饭垫在毛巾上,让兰大宝坐在门口吃。我还有很多的事情要做。我把兰大宝被大便弄脏的裤子泡进盆里,倒上洗衣粉。我从床下拖出我的箱子,拿出一本剪贴本翻了翻,再一次浏览了"流星"芭蕾舞团的那一档内容。我把箱子锁好,爬到床下去取出二胡。我拉断了一根胡弦,又拉断一根,在蛇皮琴箱上戳了两个窟窿,对此非常满意。我和"她"不一样,我没有时间哭泣。

"她"回来了,眼圈红红的,在门口呆若木鸡地站着,然后进了厨房。厨房里黑,她准是在戒毒所里没哭够,一个人在那里继续流泪。我最恨她这个。

不过很快就知道,事情不是我想的那样。她回来晚,是去找工作,结果让人给赶了出来。她把人家给她的表填错了好几份，然后惊慌失措地打听老板有什么爱好。

"你不能这样，不能到任何地方都向人家打听老板有什么爱好。他爱好游艇，你知道什么叫游艇吗？他想请代孕女生八个儿子，你挨得上吗？"我老练地教导她，"你不需要知道老板有什么爱好，你甚至都不会记住老板长得什么样，那没用。你得推销自己。"

"我推销了。他们不要。"她张皇无措地说。

"那就不断推销，告诉他们你能做到。"我说。

"别说了，我做不到。"她害怕地揪自己的头发。

"那你要我和大宝怎么办？"我朝她喊，"大宝是你永远的孩子，我还没成人，如果你不能改掉我的出生日期，我就只能接受未成年人这个事实！"

"宝贝，我会努力。我还会找到一份工作，好工作，我保证。"她更加慌张了。

"别叫我宝贝，我不是谁的宝贝！它在哪儿？你说的那份好工作在哪儿？你准备什么时候再把它砸掉？"我怒气冲天地说。

她逃离厨房，躲进房间，我们一家三口挺尸的地方。我冲进去。

"天哪！"她说。

"没有天！"我说。

"他爸！"她说。

"他在戒毒所,你刚去看过他。他问过你吗?问过大宝和我吗?问过一句家里的事吗?"我不依不饶地问。

"我爱你爸爸。"她乞求地朝我露出和解的眼神,希望我放过她。

"以前是。"我偏不。谁放过我了?

"我还爱他。"她固执极了,这一点她像我妈。

"在他丢下你不管,丢下他的两个孩子不管,拿走家里最后一件值钱的东西,一声不吭地溜掉去买他的天堂通行证之后?"我冷笑道。我知道我有多恶毒。换了你来试试。

晚上还是我做饭。也可以不吃,除非我准备饿死,也打算把她和兰大宝饿死。洗完兰大宝的脏裤子以后,我没有心思再温习功课。我凭什么不可以夜里出门并且不带上任何被称作套子的东西?这真不是我打算过的生活。

那天晚上我没吃饭,用这种办法来惩罚自己。我很饿,但我该被惩罚。即使她没说我也知道,她回来之前在外面徘徊了很长时间。因为没有找到用工单位,她不敢回来见我和大宝。不是没脸见,是不敢见。一个不敢见自己儿女的妈妈。

兰大宝呢?兰大宝在哪儿?我一想到兰大宝就吓坏了,从床上跳起来。兰大宝不在家里。他该不是去海边等他漂亮的女朋友来找他了吧?

我理也没理一直在黑暗中怯怯地打量我的她,冲出屋去。我在黑暗中踩上了一只流浪猫,它惨叫了一声从我身边蹿走。这座城市到处都是流浪猫,但我得把兰大宝找回来。

八

左渐将没有追问二胡的事,这让我有些后悔。它本来在床下藏得好好的。他怎么不看看它惨无人道的尸体?那可是我从湘西带出来的唯一的私人物品,在火车上我为它还打了一架,为此永远失去了一颗牙齿。他真应该看看一样东西被人关注会落到什么样的下场。

左渐将让我留下,在每次合唱团活动结束以后。"我和校务办联系了,你可以帮我复印谱子,练声房的保洁也算你的积分。"他面无表情地说。这个快要报废掉的老家伙。

我知道我没戏。我在伴唱部就像一粒耗子屎,所有的人都恨不能躲我远一点。第一指挥助理已经含蓄地说过某些人的僵持表现,跟不上主旋律什么的,反正是一些毫无希望的话。等着吧,要不了多久,她会私下找我谈话,把我拖进杂物间,没头没脑地吼我一顿,然后让我去找他,自己了断自己。

没关系，姐干什么都行，给姐钱就行，做杀手都行。只要不使用太复杂的手段，杀人姐也干。

"你哼的是什么？"他问我。他终于注意到我的天赋了。

"没什么。"我拉着拖把在练声房里到处走，把凳子踢得震耳欲聋。

"我不熟悉这个旋律。"他躲开气势汹汹的我，弯腰捡起掉在地上的谱子。

"我没告诉任何人。"我把水洒出花样，开始卖力地拖地。

"明白了，是你自己谱的曲子。"他点头，好像他什么都知道。

"对，是我自己。不是谱，是生。"他认真地看了我一会儿。

他看人总是很认真。

"我生的。我是它的妈妈，我可以生下它。"我为自己证明。我一点也不觉得不懂乐理知识值得脸红。

他笑了，嘴角拉得很开，这让他变得年轻了一些。这是他在我面前第一次笑。但他不应该在我打扫练声房的时候还坐在练声房中央那把破椅子上，这不礼貌。

"你感到脸上疼吗？"我卖力地拖着地板。干活我总是很卖力。

"为什么？"他一边在谱子上记录着什么，心不在焉地应付我。

"女生们看你的时候,你有没有觉得,脸上有火辣辣的感觉?"我说。

"这么严重?"他抬头吃惊地看我。

"卖萌呗,现在的女生就吃这一套。"我嘲笑他。

"我见识过你这样的。"他收去脸上的笑容,目光扫过我的脸。

"但你还是没有把我撵出合唱团。"我停下来歇口气,叉着腰说,"别看着我,我没打算请你吃哈根达斯。本童鞋没钱。"

"我也没有。我得把钱留着看病,医保不够我折腾的。"他平静地说,然后低下头继续记他的谱子。但很快他又把头抬起来。"我警告你,别做出毁坏音乐的事情。毁灭更不行。"

"说话说明白。"

"你的那把二胡。它一点错都没有,不该做你不良心理的牺牲品。而且,"他深深地看了我一眼,"你自己知道,你比任何人都爱它,爱音乐。"

"有什么了不起。"我愣了一下,有些心虚。我觉地拖得不干净,还得再来一遍。

我还是觉得有什么事情不对。他的脸色苍白得吓人。他不是帅哥,他已经很老了,但他也没有必要把自己弄得这么吓人吧。

他蜷缩起身子，捏着笔的那只手捏成拳头。我问他是不是要我去给他找校医。他抬头看了我一眼，问我都听说了一些什么。

关于他的事还能有什么，CCTV青年歌手大赛一等奖，岭南十大青年歌手，这座城市的当红歌手，不就是这些？他的确红过，或者说曾经红过，但我不会告诉他，兰小柯同学像一个脑残追星族，发狂地追踪过他的足迹，收集过他所有的演出曲目。我也不会告诉他，因为他和兰小柯同学一样，也是从大山里走出来的孩子，也有一个抛弃了他的父亲，他是兰小柯同学的榜样。兰小柯同学愿意和他说话，被他注意。

我低着头狠狠地拖地板，紧咬牙关，不再说什么。今天我不想和谁吵架。

九

左渐将到我家来了。不是家访，这个轮不上他。是那把二胡。我绝对不会把它带到学校去示众，他只能自己来完成一个音乐拯救者的工作。

兰大宝很喜欢左渐将。他一见到左渐将就迷上他了，特意戴了一副最喜欢的黑框眼镜，恭恭敬敬给左渐将端来水杯，然后又换了另一副他同样喜欢的无框眼镜。他盘腿坐在左渐将面前，像个老实的小学生，惊讶地看着那个音乐圣人把戳破的蛇皮修补好，再换上新的琴弦。

"别喝，那是自来水。大宝不知道它和开水有什么区别。"我忍不住告诉了他。

"没事。刚来深圳时火气大，常灌它，多年没喝了，算忆旧。"他让自来水在嘴里停留了一下，像是在回味，然后咕咚一声咽下去。

真是闷骚。我知道这不是真的，他怕兰大宝伤心。我们坐在屋里谈话。当然不是什么像样的屋子。我们没钱租更好的房子，但他也不是出身权贵的高富帅，我用不着拍他的马屁，所以没有去黑暗的厨房里为他烧开水。

"你们可以去申请廉租房。为什么不申请？"在等待胶水风干的时候，他打量了一下了不起的兰家。"你赢了。我们不是深户，没资格。再说也没有钱，一分钱也没有。一分不出他们让住吗？"

"不让。"

"我赢了。知道我为什么喜欢数学，唯有这门课考高分？因为将来要用它算钱。我可不愿别人少给我一分，别人也一样，不会让我少出一分。"

"明白了。"

"其实你什么也不明白。社区问我们下个月能不能出一部分房租；兰大宝的行为矫正课已经停了三次；你坐着的这个地方一股怪味,我用过消毒剂,用了三遍,有人吐在上面了,我没有时间打扫,我要打扫学校里那些美丽和安静到其实完全不必要去收拾的落叶,够忙的。所有这一切,你可以用钟点工,我得自己干。"

他笑得很开心,像是得了什么便宜。然后他努力收起笑容。"你妈又失业了?"

"她努力过。"

"那样更糟,对吗?"

"亲,别拿救世主的口气对我说话,我不吃这一套。"

他抬头看了我一眼,低下头继续补琴箱。"我能问个问题吗?"

"现在放学了,再说你也不是我的老师。"

"为什么爱音乐?"

"别烦我,我不想做作业。"

"我替你回答,因为音乐能使我们成为更好的人。"

"才怪。这话对你合适。我们不是一路人。记得吗,我是无产阶级。你有房产,你是深户,是音乐家,虽然退役了,可还是有人请你发挥余热,你早就不知道苦难是什么了。你已经堕落了,变质了……"

他根本没有在听我不讲道理地胡说一气。在说过"成为更好的人"之后,他像被人揍了一拳,微微张开嘴,竖起耳朵,目光在我头顶上散开,怀里的二胡像一把钝刀，切割开他那张脸。他拿我当什么了？我生气，起身离开那里。

"把他叫进来！"他在我背后兴奋地说。

"谁？"我站住了，回头看他。

"大宝，叫他到我这儿来，马上！"他目光炯炯，一脸抑制不住的光芒。真是个怪物。

我回头看厨房方向。我在那个时候听见了兰大宝，他在厨房里唱歌。他不知在什么时候不见的。他不喜欢人们争吵。我们刚才在争吵，这就是他离开的原因。但我还是不明白左渐将为什么眼睛发亮。

  59分，大白鲨的水域。

  72分，一只可怕的章鱼。

  81分，老爸的咆哮老妈的抽泣。

  99分，哎呀，我是一只蹦跶的虾米。

  120分，感动得痛哭流涕。

  150分，保我天下无敌。

  知识的海洋又深又冷，天才宝贝都是机器。

  Shit，分数宝贝，我在哪里才能躲开你？

兰大宝唱的。

我教的。

我的词曲，《分数宝贝》。

十

我晕了个去,兰大宝成了百合合唱团的一颗新星。

我不知道左渐将用了什么方法,但他肯定和魔鬼交谈过。他把兰大宝带到园林路公园。他像一名和恐怖分子作战的FBI,紧张兮兮地,不让我跟着,不让任何人跟着,就他俩。他和兰大宝在公园待了整整五个钟头。

我在公园外面走来走去,心里发虚。我不希望兰大宝受到伤害。我不知道该不该回家去取剐骨刀。有几个在阳光下闲得无聊的外来务工人员,在树荫下面站着冲我傻笑。我瞪着眼朝他们吐唾沫,他们吓得立刻走开了。我必须承认,我不想让兰大宝把充沛的精力全部用在研究他的粪便上,他完全可以去海边等他的女朋友,但我不知道我这样做是不是害了兰大宝。

接下来的事情谁也没想到,兰大宝竟然是个歌唱天才。经过左渐将的指导,他居然能唱到HighC上去。兰大宝的嗓子的确不错,但还不至于不错到我认不出他,令人吃惊的是,现在的他完全变了,这个坑爹的垃圾宝贝,竟然变成了一个海上女妖,所有听见他歌声的水手都会受不了。

兰大宝出现在练声房里的时候,练声房里传出一片压抑住的笑声。兰大宝很紧张,不好意思地紧紧抓着他的眼镜，躲到我身边，寻求我的保护。然后他对合唱团里的一个圆脸童鞋发生了强烈兴趣，走过去摸她的脸蛋，玩她脑袋上那只会变幻出各种颜色的闪光发卡。我臊得想找个地缝立刻钻进去，要不是朱星儿拉住我，我就从练声房里冲出去了。

左渐将抬起指挥棒。他就像一个不负责任的登徒子，对站在练声房中央不知所措的兰大宝不管不顾。指挥棒轻轻划开练声房里的空气。鸟儿们黄口轻启，歌声响起，然后是兰大宝。

是《把我的奶名儿叫》。原来是混声四部合唱，百合合唱团把它改成了女声合唱，左渐将再次做了改动，在第18小节后，把它移交给了兰大宝。

我不是那个在生下我14年后仍然不知所措的"她"，但当兰大宝衔接进入时，我在心里惊讶地叫了一声。我当然得叫。

那不是兰大宝的声音，肯定不是！兰大宝加入进来的时候，女声部分弱下去，他独自呈现。左渐将清楚他做不到，只给了他短短的16小节。兰大宝不能承担太长的乐句。在16小节中，他提了三次裤子，但一次错误都没犯。

合唱团的小鸟们惊呆了，居然失控到没有在兰大宝之后跟上他，而我的眼里快速盈满了泪水。

我必须告诉你们，我听到的是天籁。

十一

练习结束后,我带着兰大宝离开活动大楼。他成了小鸟们争相簇拥的宠物。我傻了,脑子里灌水,目光呆滞。我无法抑制激动,在草坪上站住了。我让朱星儿保护兰大宝,不让他被粉丝们挤烂。他当然如愿以偿地从圆脸童鞋那里得到了不断变换颜色的闪亮发卡,而我则撇下骄傲得像个王子似的他,返回大楼,直接走进了指挥办公室。

左渐将在喝水。他好像很渴,被人弃之于辙的那种渴。他不明白我要干什么,手里端着半杯未饮掉的水,回过头来奇怪地看着我。

我不会告诉他。我不会说什么但我爱兰大宝,我这辈子的眼泪只为我的傻哥哥流。

"谢谢你,老师。"我头一次像个好学生,或者说,头一次像一名正常的女生,恭恭敬敬地站在他面前,对他深深鞠了一躬。

"为什么?"他不明白,眼睛瞪得很大。

"你为兰大宝做的一切。"我抑制住哽咽说。

"不,"他端着水杯看了我半天,然后放下水杯说,"谢谢你自己。"

"我?"这次轮到我不明白了。

"对,"他说,"如果不是你教他唱歌,没有人知道他是一个音乐天才,他是为音乐而生的。"

"为音乐而生?兰大宝?"我糊涂了。准确地说,我是愤怒了。他在撒谎!兰家没有什么天才,兰家是一堆招蚊引蝇的臭狗屎!

"我不知道。"有一刹那,他显得有些困惑,回过头去看桌子上的那半杯水,好像他不该把它放下,他做了什么错事似的,"我现在还不知道,但我能肯定,他有天赋。你教他唱歌。那是你自己写的,然后教会他唱,对吗?如果不是你,他会在屎尿和人们的轻薄中活过一生。"

"那我呢?"我抱着希望盯着他的脸,"我的一生怎么活?"

"什么?"他困惑地看我,不明白我在问什么。

"为什么你不把我领到公园里去,难道你就不管我了?"我朝他喊,"你让我怎么办?让我在公园外徘徊,继续倾听主旋律,再倾听,永远倾听,待在人们无尽的关怀中?"

"我已经说过了。"他脸色苍白,十分平静,"你和大宝不一样。大宝是个天然的孩子,我是说,他什么也不怕,而你根本开不了口。你不敢开口,不敢让别人听见你的声音。你连自己真实的声音都没有,发不出声,不敢让人听见,这就是你的问题。"

"你是说,我没戏对吗,你是这个意思吗?"我盯着他。

"你的个头儿得自己长。"他说,甚至因为这句并不好笑的话笑了一下。

"别给我说这个,你不是火星人。"我的愤怒到达了顶点。不光如此,也许我还有委屈,强烈的委屈。我觉得自己被人彻底抛弃了。

"你不能指望这个世界为你准备好想要的一切。它不该你。它谁也不该。它就是它。你得自己成长。"他说。

"我勒个去,"我冷笑,"别给姐来人生餐具那一套,虚伪知道吗?说什么成长,真当技术改变世界呀,你们都一样,根本就……"

我不知道是不是我说了什么刺激他的话,反正,在我激动地胡乱说着什么的时候,他把一只胳膊伸到空中,捏紧拳头,然后样子难看地歪了歪身子,轰隆一声倒了下去,带倒了他手边的那张椅子。

我呆在那里,看着从他手中滚落到地上的两粒药片。现在我明白了,在我走进他的办公室时,他在喝水,但他不是在喝水,而是在服药。

这个没有了心脏功能的失业者!

我都干了些什么!

我冲出门,我去叫人。

十二

左渐将没有死。这一次没有。但所有人都知道,他快死了。他自己也知道。

我在二医院外面的街道边徘徊了很久。我是"她"的女儿,这是遗传。我说的是我妈,我和她一样软弱,一样会搞砸一切。他得的是心脏病,他遗传自谁?

我还是走进了病房。我见到了他的赞助人,小鸟们说的"夫人",那个年轻而美丽的芭蕾舞演员。他们没有结婚。他根本就不敢面对她。她追了他六年,他躲了她六年;他们永远也不可能结婚,但我得承认,他们是,或者应该是最迷人的一对。

我空着手,没有买礼物。我认识鲜花和水果,但我没有钱。我在他的病房里无聊地坐着,免费看电视。

"真丑。"看《动物世界》的时候我说。

"是挺丑。"他赞同。他躺在病床上,说话的口气还没有恢复,有些气短。

"它会出来吗?"看日出前的天际时我说。

"不知道。也许能,也许不能。"他盯着屏幕说。

"我知道,这叫身世。我的身世。"看小草破土而出的时候我说。

"有一个这样的家庭不是你的错。"他无力地指了指他的左胸,"有时候,这里会有那么一点儿疼,有那么一点儿喘不过气来,这也不是我的错。可如果要认为,那还能怎么样,它就是我的命运,我被抛弃了,就是你的错、我的错了。"

"我不想再拉二胡了。"我躲开他的目光说。

"然后呢?"他问。

"随便。我不想再死皮赖脸地待在合唱团了。我想离开合唱团。"我没有在第一时间接过美丽的芭蕾舞演员递给我的削过皮的苹果。但我最终还是接过了它。我把它捏在手里。果汁丰沛,淌了我一手。

"再然后呢?"他没有挪开他的目光。

"带我妈去应聘,给她找一份工作,然后给我自己找一份。"我正襟危坐地说。我没直接说出退学的话,我不愿意刺激他,这是我在医院外面徘徊时做出的决定。

"说说大宝吧。"有一阵他没有开口。他在和植入器的排斥期做斗争。他很累。也许他根本做不到,他在硬撑。可他却咧开嘴笑了:"我在医院里待了多久?老实说,我挺想大宝的。"

"他总想给我洗脚。"我在想兰大宝,他会不会想这个让他发生了天壤变化的人?如今兰大宝可以随便摸谁的脸蛋,拥有一大把闪亮发卡,而且每天都闹着到园林路公园里去站桩练声,可他却无助地躺在这儿。"每天晚上他都缠着我，把水弄得到处都是，如果我不答应他，他就不上床睡觉。我不知道别人怎么想，在城市里，你还能见到一个一步不落跟在妹妹身后缠着要给她洗脚的哥哥吗？"

他笑了，扭头向"夫人"示意。"夫人"微笑着摇摇头，离开病房，轻轻带上门。我不傻，我能看出那是什么。他在告诉她，要她放心，他没事，他想和我私下谈一谈。她在告诉他，别太用力。

"听着。"他皱了皱眉头，认真地说，"你可以让大宝给你洗脚，那不会让你失去尊严。但如果你炒了合唱团，我会追杀你到火星上去。"

"才怪。有本事让海牙国际法庭来审判姐。"我不想配合他的关怀。我不想接受任何人的关怀。

他困难地扭动着身子，抬起头，吃力地从床头柜的抽屉里取出一份歌谱。他不可救药，死到临头还想做他的音乐殉道者。他困难地欠起身子，但没有做到。他示意我走近，把歌谱递给我，让我看。我根本看不懂。我不知道那些鬼魅的黑色蝌蚪在说着什么。但我不想生气。我原谅这个器官衰竭者。

"是你的歌。"他看着我，微笑着说。

我没听懂，惊讶地看他，再看手中那些到处游动的蝌蚪。"法律没有规定病人可以骗人。"我口齿不清，不知道自己都说了些什么。

"还记得你哼的那段歌吗?我把它记录下来了。我发现它的旋律很奇特。你怎么说,'屌爆了'?我就是这么想的。"他闭上眼,喘了几口气,睁开眼睛说。"是你的歌。你的。"

"你是说,我随口哼哼的那段旋律,它是歌?"我呆在那里。

"对。原来不是,现在是。当然,现在它长大了。"他冲我眨眼,扮了个怪脸。

我扑上去抱住了他,手中的水果滚落到床下。我把什么弄倒了。我把手中的谱子弄皱了。但我不管,我就是要那么做。我愿意把自己弄倒,只要他还在,他还活着,还能活下去!

"夫人"惊吓地推开门冲进来,惊讶地看我们。我不知所措,他狼狈地缩在被单下。"夫人"抚着胸口松了一口气,笑了,把我弄乱的一切收拾好,查看过监视仪,再度带上门离开病房。

"这不是一首歌。严格地说,还不是。"他笑眯眯地看着捧着谱子爱不释手的我,"但它可以是。我需要你帮助我做完接下来的事情。"

"你要我做什么?你要不要我把这里再弄乱一次?"我舍不得放下谱子,它是我在窗户玻璃上看到的另一个我。我舍不得把视线从他那张瘦削的脸上移开。我觉得他太老了。我觉得他在医院里待的时间够长了。他为什么老赖在这里？他不知道我他妈愿意为他做一切事情吗？

"学习乐理知识。"他不知道，自顾自说，"我教你。没有你我做不到。没有我你也做不到。还记得吗，你的话，我俩都是特殊人物，我们得团结一致。你说的。我们第一次见面的时候。"他停下来喘了一会儿气，检查了一下身上的管子。"我不是说把它写成歌。我觉得，要是这样它会生气，因为它比这个了不起。我们为什么不试试四部混声合唱？我是说，我们把它写成一部合唱作品。我是说，现在它什么也不是，我们从头开始，我告诉你该怎么做，你来写，你自己写。"

"我该怎么做？"我张皇失措地看着他。

"去找它，找到它，然后把它生下来。你是它的妈妈，你把它生下来。"他看着我肯定地说。

"我想做一名音乐老师！"我激动地宣布。

"可以。"他想也没想就附庸我，"我是说，你可以做任何你想做的事。就算你做不了，做不到，但只要想了，努力了，你就长大了。"

"你是说，我不是唱歌的料，做不了歌手，但我可以用音乐来长大？"我盯着他问。

"当然。"他困难地点头，"你可以用音乐来思考。你还可以用音乐来计算。但是，当你真的走近它，我相信你不会再用它来计算别人有没有少给你一分钱，而会用它来计算别的。"

我听懂了他的话。我第一次没有对这样的大道理表示反感。我朝窗外看去。我看见很多云彩向我涌来。我不知道,有什么在我内心被触动了,我不知道,那和打开这种事情有没有什么关系。

十三

"他"在戒毒所里开始最后一个脱敏疗程前失败了。不知道"他"用什么办法骗过了管教人员,从哪里弄到了"他"渴望中的脏货,那是"他"的天堂通行证。"他"被送回强制室从头再来,接受束缚中漫长的毫无尊严的治疗。"她"也失败了。充满杂质的"棕色糖"不是"她"带进戒毒所的,但"她"在继续"她"的无措。人们不断帮助"她"找到工作,"她"又不断把它们丢掉。

我的家庭和世界一样,并没有改变。大人们习惯了他们的生活,他们像任性的孩子一样,说什么也不肯放弃他们在生活中赖以依存的心理玩具。

但今天的风不是昨天的风了,今天的声音也不是。我知道改变在哪里。

兰大宝每周一次跟我去练声房学习发声,还有与和声部的协作。学校为他办了一张特殊通行证,他在自己的照片旁歪歪扭扭地画了一朵百合花，然后把它绑在眼镜腿上，这样他就同时拥有了两样心爱的宝贝。

在兰大宝接受合唱团第一指挥助理单独训练的时候，我在指挥办公室里读《乐理知识》和《五线谱简易速成》。我知道窗外有蜜蜂安静地飞过，还有看不见的花粉孢子。我不看它们。我知道我做不到，我离一个作曲家还有一段遥远到足以让人放弃的路，但这有什么？

左渐将回到练声房的那天，是合唱团的重大节日，所有团里的小鸟们和老师们都拥进了练声房。他像一个怕寒的老人，披着一件皱巴巴的棉坎肩，站在那里，脸色苍白，不明白地看着大家，然后蹙起了鼻子。

"怎么回事？"他不高兴地说，"你们怎么没有穿校服？你们的衣裳怎么全都是蓝色？"

"蓝色是恋爱的颜色。"第一指挥助理憋着笑代表大家说。

他怔忡住，像被啄木鸟啄了一下，往后退一步，求助地回头看。年轻而美丽的芭蕾舞演员不在那里。她在学校门口看着他走进活动大楼，然后悄然离去。她不想让人们说她是他的监护人，不想让人们认为她在用她绝望的爱做最后的逼宫。

"别紧张指挥。不是真恋爱，那样不够分的。姑娘们就是想让自己酷一点儿。"第一指挥助理解释。

他笑了，松弛下来，抹了一把额头上的汗。他不该兜里不带纸巾。他应该带上一方复古手绢，那种有手绣花边的。他很快恢复过来，走到练声房的中央，那里放着那把脱掉漆皮的破椅子。

"我必须告诉你们，孩子们，这首曲子有点儿难度。不，我撒谎了，不是有点儿难度，而是非常难。"他掩了掩棉坎肩，从乐谱架上拿起乐谱来，看了一眼，直接进入主题，好像他从来没有离开过似的。"现在，让我来告诉你们它有多难。"

但他对我就没有这么客气了。他走进办公室的时候，我拘谨地站了起来。我不知道为什么我会拘谨，这根本不是我的风格，但我就是忍不住那样。

他看着我写下的那些旋律。我紧张得像只初次猎获蚊子的青蛙。而他则像一头不满意河水和河畔植被的河马，从谱子上抬起头，盯着我。

"你写的是什么？"

"谱子呀。你让我写的。总谱我还做不到，但迟早有一天我会做到的。"

"总谱？你竟然敢提总谱？你打哪儿来的那么大的胆子？"他的目光冷冷的，口气里充满蔑视，"看看你都写了些什么？你觉得你写的这些闷闷不乐的失败者的旋律有意思吗？有吗？"

"我觉得挺好的。我喜欢。"我不服气。

"音乐表达人类的一切生存情感，生死、命运、爱、幸福、友谊、善恶、劫难。世界广阔到眨一下眼就会损失万千，你就看不到别的？"

"你说的一切，也包括失败者。我写的就是这个。"

"失败者？你为什么不去扒碟，不去苹果在线商店里买那些庸俗的段子？那比这个更简单。"

他像毫无修养的街头暴走族一样地愤怒了，把谱子抓起来，抛向空中。它们飘落下来，有一页贴在我的脸上。我惊呆了。我把谱子和笑容从脸上揭下来。我不知道他怎么了。我不知道在医院里的那个他是不是他，那个笑眯眯看着我的那个他是不是他，还是因为医生在他出院时为他换上了一颗不再脆弱的心脏，他变了？

"别告诉我你最大的愿望就是去监狱享受纳税人支付的福利，关于这个我比你知道得多！"他粗鲁地冲我喊。

"你当然比我知道得多，我没本事像你那样进过监狱！但这不等于你就可以来教训我！"我发作了，气呼呼地冲着他嚷道，丝毫不管是不是伤害了他的自尊心，"凭什么你就是歌唱家，而我就是特殊人群？两岁的时候你还赖在妈妈怀里哭呢！"

"没错，我是进过监狱，可我没有妈妈。"他并没有被打倒，口气严厉，毫不通融，"我一睁眼她就去世了。"

"你有没有觉得，"我手在颤抖，浑身僵硬地说，"你在让我做一件不合乎逻辑的事？我根本做不到。我努力了可我做不到!"

"你指艺术规律?"他气咻咻的不肯让我过去,"你说对了,艺术的起点是超验的巫术,它从来就没有向逻辑投降过。"

我看着他。我已经不生气了,他还在恼怒。他的确老了,的确应该试试换一颗健康一点的心脏,可如果做不到,他完全可以像老了的英国人,或者爱斯基摩人,难道中国就不生长绅士?

我走过去,从地上捡起谱子。它们凌乱不堪,要把它们收拾起来可不容易,但我做到了。我把它们一页页拾起来,收好。我走到办公桌前,把歌谱理整齐,当着他的面,把它们撕掉了。

他瞪着眼不解地看我,嘴唇直哆嗦。我把撕碎的谱子丢进垃圾篓里,扭头离开了指挥办公室。我想也许我应该先通知医院,至少弄一台呼吸机来,或者一副担架,但我什么也没管,就是那么做的。

十四

左渐将和我有过约定吗?我想没有。但从那以后,我成了他的第三个指挥助理,为他记录练习笔记,帮他挪动排练椅,在他教导那些小鸟的时候,静静地坐在角落里看着他。

他在加大对我的乐理知识的学习和练习。他就像一个令人厌恶的魔鬼，一步也不肯让我从五线谱前逃开。连续半个月，他没有脱下那件皱巴巴的棉坎肩，让我忍无可忍。我没办法再和他相处，他却有的是办法让我在撕碎谱子，冲着他发作一顿，冲出指挥办公室后，乖乖地重新回到办公室，坐回键盘前，怨气冲天地继续我的乐理训练。

作为对我学习的奖励，他带我去了一些地方。东部华侨城，深圳湾，七娘山。他喋喋不休地抱怨说，他病得很辛苦，得休养。他的确在快速孱弱下去，行动困难，连走路稍长一点，就喘不上气，需要我去搀扶。但每次我去搀扶他，他都会怒气冲天地打开我伸向他的手，让我在一旁老老实实待着。

他不再每天去合唱团听小鸟们啾鸣，这属于休养，去莲花山上晒太阳或者去红树林边吹海风也属于。但他根本没有休养，他像个恶魔似的逼迫我训练——不是识谱，是观察。他让我看海湾深处，问我看到了什么。我不怀好意地告诉他，我看到了漂浮着的垃圾袋和死掉的鱼虾。他让我听山路两旁，问我听到了什么。我恶毒地告诉他，我听到了打桩机的噪声，还有山下汽车一辆接一辆驶过的轰鸣声。他让我继续看，继续听。我简直烦透他了。

"你想让我看到什么，听到什么？难道你就那么喜欢正在腐烂的鱼虾和扑面而来的废气吗？"

"然后呢？还有呢？"他追问道。

我承认他是对的。的确有然后。然后是一波波涌进的海水，它们气势磅礴，不屈不挠，追逐着海鸟，一波接一波新鲜地涌到我们的脚下。还有鸟儿欢快的叫声，露水滴落的声音，云彩划过低空的声音。

"还有，还有还有！继续听，再听，什么也别想，注意听。"他烦躁地跺脚。

我完全绝望了。我真的觉得自己不属于任何料子，做不到任何事情。我为什么非得做一个歌手？我为什么非得有一个理想，或者按照什么人的塑造来完成一次成长？我把我的念头告诉了他，他骂了一句粗话。他说，蠢人才说这样的话。

他带我去了深圳交响乐团。那是他过去待过的地方。"我被开除的地方。"他冲我戏谑地眨了眨眼睛。他简直太坏了。我从来没有见过比他更坏的老家伙。

乐手们在排练。年轻的指挥看见他，停下来，在舞台上向他鞠躬。所有的乐手都站了起来。这就是老家伙的好处。他向年轻的指挥鞠躬，示意他可以开始。他们开始了。不，不是排练，是勃拉姆斯的《第一交响曲》。

宏大的交响乐在大厅里响起的时候，我一下子垮掉了，变得像个刚从天堂学校里放学回家的乖孩子。我觉得我熟悉它们，与生俱来的熟悉。我的后背紧贴在胶木椅背上，膝盖发软，指尖把手掌掐得生疼，眼眶湿润。我觉得我可以有很多的妈妈。我觉得我可以被一次一次地生下来，也可以生下一些什么。

他呢？他在哪儿？我打了个寒战，像被母亲抛弃掉的婴儿紧张地回头看。他在很远的地方，在排练大厅的最后一排，一声不响地缩在椅子里，闭着眼睛小憩。我知道，他累了，而且，他是要让我在神圣的音乐厅里，做唯一的听众。

"我需要你帮助。"从排练大厅里出来时，他对我说。他不看我，看大街上，显得有些不好意思。

"我晕，我不想做义工。我有一大堆事。我家里全是大人们应该干的活。"我拒绝说。

"你怎么这么聪明？"他叹了一口气。

"是狡猾。我不喜欢聪明，我喜欢狡猾。"我得意地说。

"我不能再拖累她。"他没有提到那个能用"倒踢紫金冠"征服深圳的美人儿的名字。"我知道你们在背后叫她什么，但她不是我的夫人。我没这个福气。我不该再拖累她。我只是需要人照顾。"

"你真把自己当成一个加V男？你是一个忘恩负义的人。"我生气，不知道是为谁。

"忘恩负义就忘恩负义。爱说什么就说什么好了。"他固执地说，"我能自己冲凉，穿鞋也能凑合，但谁去梅林农批给我买菜?我可不愿意把钱花在超市里,花一斤的价能在农批买四斤。我没有那么多钱。"

"你赢了。谁让我的谱子在飞速进步,而且你又那么可怜,对不对?"我妥协了。

"你答应了?"他惊喜道。

"是妥协。"我纠正他,"可你也得妥协。"

"说。"他喜形于色地说。

"让美达进合唱团。"我说。

他收起笑容,皱着眉头看我,看一阵,扭头看街头驶过的车,又回头看我。他在权衡利弊,好像他对这种事情很难做出准确的判断。我真想告诉他,男人都他妈这副德行,看人只看表面,活该错过一个又一个好姑娘,被婊子们骗得痛不欲生。

"求你了,美达想进合唱团想得哭。"我拽住他的手摇晃,央求说,"她不是想进合唱团搞拉拉,她只是不想让我和朱星儿甩掉。"

"你是什么时候学会关心别人的?"他疑惑不解,一点也不觉得他这是在讽刺,"我不是说大宝,我是说美达。这不像你知道吗?"

十五

我成了左渐将家庭生活的帮手,每周三次,帮他打理一些他处理不了的家务活,不收取任何费用。我勒个槽,我在帮助他。这是他的说法。我,帮助他。

放学以后,我骑着自行车,搭载着兰大宝去左渐将家。他的自行车,八成新。我不管交警会在什么地方埋伏着捉住我,只要兰大宝不在车上玩眼镜就行。我蹬着车飞快地驶过农林路,在凤凰木漏下的阳光中快速超过周星驰。小男生好奇地看着我身后的兰大宝,再看我梳得整整齐齐的小辫儿,一脸的不解,好像他从来没有见过我,没被我骚扰得苦不堪言过似的。

一进左渐将家的门,我就打开了所有的窗户。如果我不来,它们可能一整天都关着。左渐将笑着说,怎么会这样?但他会依然如故,很快躲进卧室里去写他的曲子,像只过冬的老鼹鼠。

兰大宝有了新玩具,这回是大家伙。只要坐在钢琴前,他就决不肯再挪窝,这样,我就必须每隔两小时催他去一趟卫生间。兰大宝捉着短杵的手指,挨个儿敲打琴键,因为对琴键发出的不同音阶又爱又怕,紧张得笑个不停。我会事先用口罩兜住他的下颏,那样,他的口水就不会滴答在昂贵的钢琴上了。

我会在来之前,绕道去农批买一大堆蔬菜。我把它们全都泡进水池里,依次刷洗,直到它们干净得像天堂里来的贵宾。

"买这么多,能吃三天。"他皱着眉头吝啬地说。

"多吃西红柿你的病就会好。黄瓜也一样。"我甩掉水珠向他伸手,"二十一块三毛。我不想可怜你。"

"明白了。"他笑,回客厅去取钱,"我也不能这么对你,对吗?"

我喜欢他这一点,知错就改。但也不一定,有时候他就很犟,这种时候非常多。

"你想过死亡吗?"我把一只洗干净的萝卜放进漏篮里。

"你说什么?"他在卧室里问,口气很紧张。

"我想过。"我关掉水龙头,从厨房探出脑袋,大声说,"我想做席琳·迪翁那样的歌唱家,嫁一个老男人,生一个漂亮男孩,再生一个漂亮男孩,让老男人教他们音乐,然后我再死。"

"好主意,这样你就有一个音乐世家了。"他从卧室里出来,朝钢琴那边的兰大宝看了一眼,"什么时候想的?"

"六岁吧。我不能肯定,也许还要早。六岁时我老哭,看见妈妈抱别的孩子我就哭。"我把另一只萝卜放进漏篮里。

"怎么会?"他靠在门框上,困惑地说,"我不是说妈妈抱别人孩子的事,我好像没有六岁时的记忆。但是,"他紧张地盯着我,"你刚才说死,什么死啊死的?"

我快速瞟了他一眼,没有接那个话题。我知道,他并没有他通常表现得那么不在乎。

菜洗干净了,现在它们一点儿农药味也没有了。他的情绪调整过来,要我给他念我新写的歌词。我给他背了一首《我不是阳光》。

> 我是阳光,可能不是,那有什么不同;
> 我是自在的雨点儿,有翅的蜜蜂,夏季里满处开放的风铃花,是星光和花丛;
> 要来的还在路上,要有的赖在梦中;
> 该惹点儿麻烦了,是孩子就会得到世界的宽容。

他喷喷着嘴,像个街头没有学熟的小混混,说不错。当然不错,这样的不错我还有很多。我又给他念了一首《没有谁最可爱》。

> 人生就是舞台,总有一幕为我展开。
> 找到它,世界看我彩排。
> 不等待,走上舞台;
> 不等待,和烦恼拜拜;
> 不等待,和快乐同在;
> 不等待,伸手牵住未来。
> 开启所有的灯光,忘记了台词从头再来;

这世界没有谁最可爱，舞动起来就是精彩。

他用妒忌的眼光看我，说这是他听到的最糟糕的歌词。我扬扬得意。我不想说他的坏话，比如妒忌什么的。他心脏不全，是弱者，这方面我得让着他。

"夫人"放心不下，总是忍不住来看他。她来的时候，饭已经煮好了，这让她有些失落和伤感。他留我们兄妹俩吃饭，加上"夫人"。反正我也赶不上回家做饭了。反正她还是找不到用工单位，总得给她时间。再说，我可以在离开之前留下十元饭钱。我觉得按照菜价，我和兰大宝俩支付八块饭资也不是不可以。

"你年轻的时候有女生追吗？"吃饭的时候我问他。我对这个问题好奇。

"夫人"抿着嘴在一旁偷偷笑，躲开他求助的目光，为兰大宝搛了一筷子豆干炒芹菜。

"我不老。我有那么老吗？"他从"夫人"那里收回目光，生气地看我。

"别受不了打击，据实说。""夫人"轻轻拍他的胳膊。

"好吧，我是不年轻了。"他不情愿地承认，"可我年轻过。我年轻过对不对？"

"我也年轻过。"我解释说，"我是说，我以后有资格说这种话。"

他同意:"只要活下去,谁都有资格说这种话。"

"你还是没有回答我的问题,你年轻的时候,有女生追吗?"我追问。

"我证明,有。""夫人"看不过他的难堪,为他解围。

"仅仅是有吗?不是一般的有。"他开始吹牛皮,"毕业那会儿,我所有的东西都被班上的女生要走了,她们留下作纪念。你说我火不火?"

"人家是商量好了一块儿捉弄你。""夫人"吃醋了,揭发他,"你自己说的,人家大学一场谈三次恋爱,你一次也没谈过,到毕业时,连一辆破自行车都被女生要走了。哪有留一辆破自行车作纪念的?"

我们都笑。

"说说你。你谈过恋爱没有?"他躲开让他跌面子的问题,拿我开刀。

"你以为我是腐女?当然谈过。好几个。"我大言不惭。看了看他和"夫人"停下的筷子和看着我的眼睛,心虚了。"我是说,想谈。"

"别灰心,有的是机会。"他安慰我,一脸平衡。

"别欺负人。现在的男生都是物质男,有什么意思。你们就没觉得我色艺双全,完全有这个资格?"我急了。

他俩哈哈大笑。兰大宝不明白他们笑什么,也跟着嗬嗬地乐，嘴里的饭粒掉回碗里。

"传授个经验。"他用筷子头指点着自己的胸口。"向我学，往老里等。我刚才的确说假话了，年轻时，从没人追过我，我也没追过别人。是不敢追，害怕被人拒绝。可等到老了吧，比如到了30岁，那个时候我可俏了，身后跟着一大排，撵都撵不走。事情就是这样，老了你才有资格捞上最好的女人。你得反过来，等最好的男人。"

我看到"夫人"的筷子轻轻颤动了一下。她把目光埋下去，然后快速给兰大宝搛菜，把一片黄瓜落在饭桌上了。

"我想嫁给你。"我脱口而出。

他愣在那里。"夫人"抬头看我。他俩对视了一眼，快速挪开目光。"夫人"为兰大宝舀汤，汤舀得沥沥拉拉，再去拾桌上的那片黄瓜，很费了几筷子。

"为什么？"他问。

"那样我就能生一大堆孩子了。我是说，谱子。"我闷闷不乐，"你们别安慰我啊，我知道不可能。我连恋爱是什么都不知道。我根本就没有想恋爱的人，只是说说而已。"

"也许，你可以等下辈子。""夫人"试图开玩笑。她脸色苍白。

我明白她的意思，她想安慰我。她的意思是，这辈子别添乱了,就这样吧。

"如果你进步快,我会送你一套古典作品,正版的。"他承诺。

"你是说《眼泪》和《遇到上帝神圣的光明》吗?"我欣喜若狂。

"还有《来吧春天》和《静静的海洋和幸福的航行》。"他微笑地看着我。

"你觉得,要是我过生日,我能够立刻得到它们吗?"我等不及。

"你上个月才过的生日。"他狡猾地说。

"我可以再过一次。"我耍赖。

他放下筷子,突然收起笑容。他想到了什么。我有点儿紧张。

"在开始学习合唱的时候,我曾经想放弃。音乐学院比我强的人多了去了,他们每一个人都能让我臊得夜里不敢回寝室睡觉。而我什么也不懂。我甚至不知道风其实不是风,而是流动着的宇宙。"

我和"夫人"放下筷子,看着他。兰大宝不肯放筷子,他不安地看着手中的筷子,再看看衣兜里的眼镜。

"我的指挥是一个老指挥,他看出来了,什么也没有说。有一次,练习曲目的时候,他点我的名,让我走到指挥位置前,当着同伴们的面说出三个愿望。我不知道他为什么那样做,我按照他的要求说了。让我想想我说了什么。"他闭上眼睛想,然后睁开眼睛,"外星球人,骑士和鸟儿。"

我被击中了亲。这也是我想要的愿望!

"他让别的团员也说出他们的三个愿望。那些愿望被说出来之后,我们都笑了。那么多的愿望,它们离我们是那么的遥远,几乎没有一个愿望会被实现。是呵,一开始,每个人的愿望离自己都是那么的远,远到不可抵达。"

"然后呢?"我急着问。

"气氛活跃起来,"他舒心地笑了,"而且,我们像打了鸡血的小崽子,斗志被重新点燃了。我们知道作为一名合唱者,什么才是最重要的,梦想。"

我和"夫人"相视一眼。我们不想让他难堪,拼命忍住笑,可怎么都没能忍住,结果是桌上喷满了我和"夫人"嘴里的饭粒,连兰大宝都没能幸免。他不明白出了什么事故,惊慌失措地看着我,等着我捡去他脸上的饭粒。

十六

一年一度的勃拉姆斯国际音乐节到了,国内抽签结果,百合合唱团胜出,代表中国参加本年度音乐节比赛。消息令人兴奋,合唱团开始紧锣密鼓地做着出国比赛的各项准备。

事情并不顺利。小鸟们变得紧张起来,焦虑不安,她们忘记了气息的支持、声带的闭合、共鸣腔的打开、韵母的形态准备,在起声阶段犹豫不决,混乱不堪,在激起的瞬间呈现出臃肿无力的发声,令人难以置信。

左渐将皱着眉头听完我的讲述,把药片放回床头。他想了想,要我放下手中正在干的家务活,替他拿过笔和纸。他在纸上写下一句什么,交给我,让我带回学校,转给第一指挥助理。我偷看了纸上的内容,上面只有一句话,"让内心的秘密消失"。

我不明白,为什么要让内心的秘密消失。我有那么多的秘密,它们陪伴我从小到大,是我最信赖的伙伴,它们要是消失了,我怎么知道我是谁?

"让她们发泄掉内心的压抑,这个压抑来自内心的秘密。"他耐心地向我解释,"什么时候孩子们开始有了秘密?一个孩子对世界有了秘密,对他人有了秘密,这不是好事,说明孩子不在了,他们没法告诉世界他们是谁,真实的他们是什么样子的。这个世界是他们的,他们不应该对世界有任何戒备,他们有权发出真实的声音。"

合唱团照着他的话办了。

"你们谁带了水果刀?"我一走进练声房就听见美

达在嚷嚷,"我最近太胖了,我得把自己切瘦一点儿。"

"我也胖。我快愁死了。"朱星儿说,"我可不可以调整一下饮食结构,只吃矿泉水和阳光?"

"都站好了,把你们的臭美收起来。"我学着左渐将的口气,用指挥棍敲打着椅子背。"让我想想,注意波动。我再强调一次,轻声时声音几乎等于零,注意,是几乎,你的内心能够听见;强音时控制在弱于小二度的范围内,稳定住,别摇晃;快慢保持在每秒钟六次的范围内,别多,也别少。孩子们,我们可以开始了。"

不知道该怎么评价这件事,也许他手持小棍的时候样子很帅,但他根本不懂女生。当第一指挥助理宣布,接下来的两个小时时间里,大家什么也不做,只聊天,每个人都有权说出内心秘密而不会受到任何批评和攻击的时候,事情简直糟糕透了,小鸟们全都在说一件事,她们争相说父母的坏话。

"我老爸出门的时候总会问,我有头皮屑吗?"一只小鸟说。

"这算什么秘密?"第一指挥助理发呆。

"我妈每天吃饭的时候都抽泣,如果我爸不在,她就歇斯底里大哭一场。"另一只小鸟说。

"说自己的秘密,不是家长。"第一指挥提醒。

"难道他们不问'今天怎么样'这句话,不说'早点睡'这句话,他们就会死吗?"再一只小鸟抢着说。

"请大家注意,别跑题。"第一指挥张皇失措。

"我们真的可以说吗?"美达问。

"当然,这就是我要你们做的,不,是指挥要你们做的。"第一指挥助理求助地看着美达。

"我恨他们!"美达大声地说。

练声房里爆发出一片笑声。我也笑。但慢慢地,我不笑了。我听见鸟儿在枝头鸣叫的声音,露水滴落在泥土中的声音,昆虫爬过枯叶的声音,云彩涌过头顶的声音。我突然开口,说了"他"和"她"的事情。

"他有头皮屑。我是说,我爸爸。很多,看上去很难看。但他从来没有问过她。我是说,我妈妈。他也没有问过我和兰大宝,好像这个世界上根本就不存在我们娘儿仨。"我谁也不看,呆头呆脑地说。哄笑声和议论声停了下来。"他总是天不亮就出门,去关外一个个工厂试工,夜里很晚才回来,我们刚到这座城市的那些日子,就是这么过来的。"

我不知道我为什么要说这件事,但我就是想说。

"他一离开家她就哭,吃饭不吃饭都哭。"我说,"她知道他没有技术,年纪也大了,根本试不上工,他去那些工作是白去。他就是在这种时候遇到了毒品。"我说,"家里没有钱,没有人肯赊货给他。他向她要,她把家里值钱的东西都卖了,还是供不上他。他要她去找人借,她不认识任何人,人家不肯借,借了也还不起,没能力还。她一次次出门,又一次次空手回来,他就揍她,把她脸揍肿了,胳膊拧脱了臼。"

小鸟们惊讶地看着我,不明白我在说什么。第一指挥助理也看着我,很紧张,不知道该不该拦下我。

"是她把他送进戒毒所的。她向警察告发了他。警察到家里来把他带走了。他在门口回过头来冲她大喊,说会宰了她。"我说,"她带我和大宝回了湖南老家。亲戚们劝她,离了吧,这样的男人没法过下去了,没有男人也能过日子,过得更好。"我说,"我们在老家待了三天,第四天,她把老家的房子卖了,带着我和大宝上了火车,回到深圳。她只带了一件行李,是一大包他喜欢吃的血肠。"我说,"她从来没有想过要离开他。一次也没有。"我重重地叹了一口气,"她爱他。她每一次去戒毒所,回来以后就躲在厨房里哭,但她更爱他了。"

我停下来,心里突然觉得一阵轻松。美达瞪着眼吃惊地看我。朱星儿掩住嘴哭了。练声房里一片寂静,啾啁声消失了。小鸟们互相快速地互相看了一眼,低下脑袋,好像过去她们把我看成一个怪物,那是她们的错误。

我赢了,但左渐将失败了,没有任何孩子会说出内心的秘密。我是说,表达。这是左渐将在合唱团里的第一次失败。不知为什么,我忧心忡忡,并没有因为头一回在众人面前说出了心里的一个秘密而高兴。

十七

出国比赛的日子越来越近，合唱团在无可救药地堕落，作为团里的灵魂，左渐将必须停下自私自利的休养，回到团里操起他的指挥棍。

左渐将走进练声房。不，他不是在走，而是像刚从奥斯维辛放出来的苍白的孩子，一步步移进练声房。他拒绝我搀扶他。他吃力地坐在练声房中央，他那把漆皮脱落的椅子上，不安地看着他脚下的地面。小鸟们屏气凝神地看着他。她们在等待。她们都爱他。她们不愿意他为她们那么吃力。他抬起头，开始说话。

"我们来做个约定。"他喘了喘气，让自己平静下来，同时抬手示意我不必为他端去水杯，"就像最开始一样，我是说，像合唱最开始出现时的那样，你们不叫团员，叫歌者，我也不叫指挥，叫击拍者。让我们看看，我们能做些什么。"

他那么说，也那样做了。和合唱的起源一样，他和他的三个女助理一起，为他的歌者们上了一堂她们从未上过的课。

歌者们坐在练声房里，焦急地等待着。三个女助理一出现在门口，严肃的气氛就被打破了，歌者们简直笑喷了。三个女助理全都化了妆，穿着人类先民在祭祀活动时穿的羽翼装,光着胳膊和腿,几乎半裸着身子,分别装扮成一只巨蜂鸟、一只北方尖尾鸭和一只白腹沙鸡,样子可笑极了。而他这个击拍者出现在门口的时候,歌者们简直笑狂了,一个个没法控制地往坐台下滑。他赤裸着上身,腰间围着一件小得不能再小的兽皮裙,头上戴着一对纸板做的犀角,装扮成一头威严的犀牛,手中握着一只巨大的生殖器模型。我是在场唯一没有笑出来的人。我看着他,那个肌肤苍白松弛,孱弱到无法直腰站立的老家伙,那个在现代社会里把自己扮成了小丑角色的人。我突然在心里痛恨起自己,同时怨恨年轻美丽的芭蕾舞演员,她为什么不走进校园,把他拉回他应该待的温暖的病床上去?她像一只没有骨头的蜜蜂,不要脸地追逐了他六年,现在她躲到哪儿去了?

击拍者开始了。他伸出一只赤脚,轻轻地在木地板上点了一下,然后是第二下,第三下。他的脚下得重了。他以脚掌击拍,引领着节奏,三只女鸟儿围绕着他,随着舞蹈的律动踏响地板,发出吆喝声,再从吆喝改为呐喊,从呐喊改为吟唱。在人类先民最早的群体歌声中,最原始的合唱声响起。歌者们静下来,她们不再嬉笑,慢慢直起腰身。

我是那只巨蜂鸟。我自始至终没有笑。我知道我在哪里,在干什么。我们在完成一次上万年前曾经发生过的祭祀活动,在与自然力、鬼神和祖先的超验力量对话,那是人类最初的精神生活。和我一样,"北方尖尾鸭"和"白腹沙鸡"因为衣饰不整满脸通红,但她俩谁也不肯让自己停下来。击拍者比我们更卖力,他严肃地板着脸,额头间满是汗毛毛,他把因为剧烈跳动滑落到鼻梁上的犀角推上去,再一次推上去,专注地表达着对神秘力量的呼唤和祈佑。我们都投入到原始的合唱中,忘记了自己的存在,直到歌者们从梦中醒来,队列中响起雷鸣般的掌声。

十八

合唱团的声音回到正轨,不,比过去更好。那是建团以来歌者们表现出的最佳状态。我的话,差不多是在一人高的空中自由飞过。

我必须为兰大宝准备一套正式的演出服。他是代表中国参加勃拉姆斯音乐节比赛的百合合唱团正式团员,在《嘎达梅林》中有一段妙不可言的领唱。他现在已经成了合唱团歌者们争相邀宠的公共宝贝,我能肯定,他能让这个世界把他当作宝贝。

至于我,我当然去不了风景宜人的维尔宁格罗德。我不是主旋律部中的一员,也不是和弦部中的一员,就是说,我不是合唱团中任意的一员,左渐将也不是M. 杰克逊,不可能带着一大堆助理去格莱美颁奖大厅接受万众的欢呼。但这没什么，我现在知道我是谁，可以做些什么了。我能在左渐将去机场之前，准备好他需要的所有总谱，同时在美丽的"夫人"被他严厉地下达回避令之后，悄悄为他准备两包我能买得起的劣质香烟。

至于"她"，她不知道该怎么应付兰大宝去德国这件事。她紧张得要命，坐立不安。她对她的傻孩子要去德国唱歌这件事反应惊愕，心态复杂。她不断问我，德国人为什么想要兰大宝？他们会不会把兰大宝送进集中营，或者，我们家会不会背上一屁股永远也还不清的债务，因此被法院下达驱逐令赶出这座城市？要是这样，她去戒毒所看望他就得花费一些精力了。

"我没有钱，不能给大宝做衣裳。"她摊开她的两只无助的手，一副无赖的样子。

"你当然没有。"她刚找到一份工作，还在试用期，暂时还领不到工资，如果没有我从学校和左渐将那里拿回家的补助金，下个月我们一家三口不知道能不能活下来，戒毒所的那一个，当然也坚持不了多长时间。"但我有。我挣的。"我说。

"已经花光了，剩下的你休想再拿回一毛钱去。"她惊慌地捂住衣裳口袋。

"不给拉倒。"我才不会让她拿住，"但我警告你，如果下次你再给他带任何官方不允许带的物品，哪怕你把它们藏在牙膏里,我也绝不会再交出一分钱的津贴。"

我推开她,趴在地上,钻进床下。我把我所有的宝贝都拿出来,分给了美达和朱星儿。按照商品交换规律和人类始终默认的潜规则,我半卖半讹诈地从她俩那里凑足了钱,为兰大宝做了一套漂亮的演出服,添置了一些必需的生活用品。

我的学习开始归于正常。这个学期,我只和人发生了两次冲突,最终没有打架。打破课堂用具和打扰同学作业的事情还在发生,但明显开始减少。我在考虑,也许我可以利用双休日去"义工联"做点儿什么,只要"她"能在新的工作单位里多坚持几天,不很快被人炒鱿鱼。我开始回忆。我记得刚来深圳那年,"她"给我买过一件漂亮的蕾丝裙子,也许我该找出它,试试它还能不能穿。我就是没有想到,合唱团会要我提供身份证号码。

"当然不能全部都去,指挥助理也一视同仁。"第一助理对我说,"我是主旋律伴奏,我得去;你是总谱助理,你得去。周老师不去。"

"为什么?"我张着嘴,活像一个被人当场出卖的傻瓜。

"这你得问左老师,他定的。对了,别忘了带上总谱附件。"

他在指挥办公室里和校长说话。这个需要人帮助的俗人，手里端着水杯，面前的桌角上放着手机，不断地向振动着的手机瞄了一眼。我冲进办公室，推开校长。我肯定，此刻他手心里一定捏着几粒药丸。我直接扑进他怀里，紧紧地搂住了他的腰，把脸深深地埋在他胸前，完全不顾泪水会不会打湿他的衣裳，同时那样做，会对他孱弱的心脏造成什么负担。

"我已经准备吃药了，喏，正在吃，只不过过了五分钟。"他张皇失措地解释，"我忘记什么了吗？"

十九

在风景优雅的维尔宁格罗德市，所有的孩子都是美丽的，不管他们来自哪个国家。所有孩子的声音都是美丽的，不管他们用哪种语言发音。

在合唱节上，作为比赛团队，我们只被允许听一场介绍曲目的表演。我们获准听英国孩子的声音。在接下来的竞赛单元中，组委会把非比赛国的孩子们全赶出了音乐大厅，以示公平。已经够了，一场示范，我们陶醉得不轻。你知道什么叫天使的声音吗？我向你们发誓，我们听到的就是。

比赛顺利地进行着，按照比赛抽签，在决赛中，中国歌者最后一组登台。第一个曲目是《小河淌水》。左渐将像往常一样站在歌者的队列前，用手势、头部的动作引导她们，用赞赏的目光涌动她们。然后是下一个曲目。

曲目一首接一首。我在后台的大幕边站着。我比谁都紧张。我看见豆大的汗珠从击拍者的额边滚落下来，流进他衣领中。他的指挥服有多老？他看上去的确太老了，可我肯定，38岁不是勃拉姆斯国际音乐节上最老的击拍者。

我在心里默默地祈祷着，祈求他能坚持住。我的祈求失败了。他垮了，被一只犀牛角压垮了，这个桂冠的懦夫！他用光了所有的力气，在最后一个曲目到来前沉重地倒在指挥台上，再也站不起来。

比赛场上掀起一片骚乱。比赛暂停，他被人抬下去，所有的中国团员都拥向后台。化妆间里弥漫着浓烈的丹参的气味。歌者们全都哭了。比赛总监派人来向中国的孩子们建议，她们可以选择放弃，因为她们出色的表现，音乐节组委会会考虑为她们颁发荣誉奖。第一助理情绪激烈，她提议用钢琴担任节拍引导，完成最后一个曲目。

急救中心的人赶来了，把他架起来抬上担架车，送往医院。担架车离开化妆室的时候，他伸出一只手，拽住了化妆室的门。他躺在担架车上，无力地转动着脑袋，在乱糟糟的人群中寻找着。我知道他在干什么。他在捕捉我！我退后两步，从他视线中消失掉，躲藏进人群中。但我没能做到。

他的目光停下来，罩住了我。该死的！他看着我。该死的！他看着我！我全身无力，停止了退缩出人群的企图，垂下脑袋。

他喘息着向医生示意，他会很快结束这件事，然后他会配合他们。他们同意了。

"你一直在观察我，孩子。你知道我要什么，你能做到。"他尽量加快语速，在舞台总监给出的五分钟时间内完成他的赌博，"队形不变。她们会掌握自己的节奏。相信你的歌者，她们是最好的，知道在音量和音色上如何配合。你只要注意起声部分，在激起的一瞬间加入力度，保持住它，小心过渡到下一个音符，然后，跟着你的内心走，什么也别想。去拿你的小棍吧。"

"你在胁迫我。"我觉得我在颤抖。我颤抖得都快要站不住了。

"对，我胁迫了。"他不容反驳。

"我做不到！"我说。

"你能做到。"他说。

"不！"我朝他喊道，"你别想么做！我做不到，我不会听你的，这次决不会！"

他像个蛮横无理的绅士，瞥了我一眼，不再理会我，把目光转向惊慌失措的歌者们。

"还记得我为你们表演的那场最早的合唱曲目吗？

你们能听到人类向神灵的祈求，还能听见人类向自己的集体保留和传授生存技艺、彰示种族繁衍的声音，人类文明就是这么传承下来的，那以后就有了你们，就是你们自己。星儿，帮个忙。"

他把目光投向化妆台，那里有一盆欲绽未绽的百合，在此之前我们谁也没有注意它。他示意朱星儿替他把那盆百合花抱到他身边。他看了它一眼，然后抬眼看我，再看歌者们，抬手对她们做了一个静音的手势。

"最后半分钟。让你们的心静止下来，听，它有什么声音。"

百合在他怀中。百合静如虚无。化妆室里静得能听见五百兆光年外流星飞过的声音。我闭上眼睛，慢慢松开知觉，怂恿它靠向我的心。我听见了。

他太虚弱了，脑袋耷拉下去，无力地躺回担架车上，被人推出化妆室。他的最后一句话人们几乎听不见。

"孩子们，去，让世界听见你们的声音。"

四分三十九秒，中国孩子重新站上舞台。我站在我的歌者前面。灯光太亮，我看不见我的歌者。不是灯光，是他，我的眼前只有他。他目光如炬，在黑暗中一眨不眨地看着我。我的指尖划过一道轻微的痉挛。我头一次知道，一个老人的目光能有这么明亮。

吸进一口气，我举起手中的小棍。

我们开始了。

我手中的小棍一直悬在那里。

歌者们气息均匀,静静地看着我。

我手中的小棍没有落下。我知道我的身后有什么。不是评委,是整个世界。

现在有一道题,请回答:一个14岁的女生,她有一个因为不断复吸所以老在去戒毒所的路上的父亲,一个用日复一日说大话来鼓励自己却缺乏基本生存技能因此不断丢掉工作的母亲,还有一个每天提出一百个天才问题却找不到卫生间在哪里因此总是拉在裤子上的智障哥哥,她该怎么办?

没有人能回答这个问题吗?好了,我现在来回答。我是说,现在,让我们来听花开的声音。

那支48克重的金属小棍轻轻落下。气息扑面而来。几乎听不见声音。注意,是几乎,但它在那儿。是的,那就是花开的声音。

激起段落是那么的美妙,几乎毫无瑕疵,我赢得了第一个高分。我知道我出生了。我知道我打开了。我知道她们行。我相信我的歌者,相信这个世界,相信我自己。

我的歌者在主要和弦部分上此起彼伏,如鱼逐波。风通过峡谷。雨点儿打在云朵儿上。蝶翅划过草叶。雪粉团从塔松上跌落。主题出现了,那是兰大宝。他像一个骄傲的王子，穿着漂亮合体的演出服，戴着他最中意的那只黑色眼镜框，十分肯定地进入了第一个小节。和声部分默契地退让开，为他露出月光之溪，在溪畔的黑暗中像萤火虫似的烘托着他。天上掉下来的那个人是他吗？他的女朋友还在遥远的路上吗？他可以当爸爸吗？他还在等待人们的夸奖吗？然后他愉快地消失，歌者们跟上。小棍执着地划开气息，花开的声音如潮涌来，瞬间幻化成漫天繁星。

我不知道我是怎么结束这一切的。热烈的掌声把我从穿越中召唤回来。我没有演出服。我穿着一身普通的牛仔装，因为后台工作衣裳有些皱巴巴的。我连妆都没有上。我只是一个瘦小的脸色苍白的中国孩子。我慢慢转过身，不明白地看着全体站立起来用力鼓掌的评委会成员，他们的眼里有什么？星光还是泪花？

"鞠躬致谢，快鞠躬致谢！"

第一助理满脸潮红地在身后的什么地方着急地提醒我。

二十

合唱团的全体成员们彻夜守在医院外面，可除了领队和第一指挥助理之外，所有人都被礼貌地拦在医院外，没有人看到他。

天亮之后，我们去了机场，离开维尔宁格罗德的时候，大雪停了下来，他还在昏迷中。"夫人"和我们同时登机，我猜，她乘坐的航班和我们的航班会在欧洲的某个航线上交肩而过。她去接他回家。在此之前，她办理了挂鞋手续，离开了她迷恋的芭蕾舞团。此刻，她和他都不知道，中国的歌者们拿到了本届勃拉姆斯音乐节的总冠军，她们妙不可言的歌声如今正以光的速度在全世界各地传播。

回到深圳后，我把大宝托付给朱星儿和美达，去戒毒所看"他"。陪"她"去。这是在他第四次被送进戒毒所之后，我头一次去看他。

他俩一见面就抱头痛哭，把我撇在一旁。我坐在那里，看着拼命埋怨对方的他俩，再低头看我的手。我手里捏着一样东西。那是我给他带去的礼物，一盒德国产香烟，我用团里发的补助金买的。我扭过头去看会见室的窗外。那里有一些戒毒人员在打篮球。有人投中了一个三分球，人们都很开心。

我想到了左边锋周星驰。我还想到了两句新写的歌词。他和她还没有哭够。可能永远都不会够。我没有机会告诉他兰大宝和我的事。兰大宝缠着我用他的眼镜替他去换领结，他从德国回来后迷上了演出服，但没有人在乎他的眼镜，而且，我再也没有宝贝去替他换回新的演出服了。我知道不该怪他们。不是他不关心他的儿子和女儿,也不是她忘记了我的存在,是我认为没有必要。他俩需要更多的时间。大人们需要更多的时间。还有,他曾经是我父亲,但现在他什么也不是,他只是我和兰大宝的一个历史,我们必须承认的历史。

学校的空气很紧张。美达决定去美国读高中。朱星儿的脸上开始长痘了。这个学期结束后,我们会在高中见,但也可能不见。总有人被踢出名校,这就是人类社会的规律。死敌和死党都不是永恒的,我也不是。我的成绩并不理想,预考时有两门科目不及格,但我已经决定继续完成学业,读完高中。不管我能不能留在百花中学,我会让自己拿到高中毕业证。

放学之后,我踩着肮脏的滑板飞快地穿过凤凰木漏下的阳光,在农林路撵上美达和朱星儿。

"骗过学校了?"朱星儿看见我的时候松了一口气,"这个你拿手。"

"没有。"我老实承认。

"没有是什么意思?"朱星儿惊讶地看着我。

"我违犯了校纪,我得承认。"我说。

"那是募捐,为别人,该叫公益吧?你没有必要这么认真。"美达说。

"那也不能把学校的公物偷出去卖掉。"我说,

"我反悔了。我得认真。"

"就是说,你招供了?连我一块儿出卖了?"朱星

儿狐疑地看着我。

我认真地点头。没有什么好说的,我的确那么做了。

"兰小柯,你怎么是这种人?作为我最要好的朋友,你有责任对我负责。"朱星儿不相信地看着我。

"包括替你去死?"我问。

"包括。"她肯定地说。

我没有说话。我从朱星儿身上看到了过去的我。我装作看路边的人,为自己脸红。我不该说这么多的话。不,我可以说任何话,但它们帮不了我,谁也帮不了我,我得靠自己成长。

二十一

左渐将?是的,后来我去看了他,在他回到中国之后。

"夫人"告诉我,左渐将没有几天好活了。她在下课之后走进校园,把我约出教室,在花园里告诉我他糟糕透顶的情况。她眼里含着泪,微笑着说,我们什么也替他做不了,那是他的心脏,他自己不争气。她说,他希望你去看他。

我木讷地站在一大丛籁杜鹃旁。我胡乱地想,"夫人"自己呢,她的心脏,谁替她捧在手心里?

"祝贺,最佳击拍者。"我一走进病房他就说。他躺在病床上，身上插满了管子，头发长长的，有点儿蓬乱，就像一头被人猎获的糟糕的大象。

"我该怎么开始我的演讲？"我看都没有看一下他的狼狈样。我四处打量着，在床头坐下，把脚跷在床架上，像真正的总冠军那样大声地说话。

"中国是我的祖国，歌声是我的故乡。"他想了想，一本正经地说。

我俩都笑了。我觉得这个激起段落开始得不错。他让我去床头柜的抽屉里自己拿他给我的礼物。是巧克力，一粒。这方面他始终很抠门，从不肯网开一面，哪怕是对我这个总冠军团队的击拍者。

他躺在那里看着我，像看一个老朋友。他真不该看我。他那么看着我，我就不得不拿下放在床架上的脚。

"这样好多了，符合你的漂亮衣裳。"他朝我身上打量了好几眼，一脸狐疑，"你穿过这件衣裳吗？我怎么没见过？"

我脸红了。我真不该那么刻意，在来之前翻出那件只穿过两次的蕾丝裙子，露出两截腿。可我就是忍不住。我想让自己漂亮起来。我是说，像真正的女生那样。

"凭什么我就不能这样？我说我恋爱过，是真的，我没有撒谎。"我向他承认。我就是不能摆脱向他承认一切。

"六岁的时候？真恋爱？"他把目光从我的衣裳上

收回,好奇地问。

"没有那么大。"我肯定地说。

"我以为我是唯一在还没来得及发育的时候偷偷爱过的人。"他有些失落。他完全在吃醋。

"是一只狗。"我满不在乎地说,"一只小公狗。在我爸爸不断消失、我妈妈不断去找爸爸的时候,它一直在保护我。"

他狐疑地看着我。我咧开牙床冲他笑了一下。然后我扑到床上,扑进他怀里,放声大哭。

"我不要你死!不要你死!"我抽噎着朝他喊道,脸上满是泪水,它们顷刻间湿透了他的病号服,"你死了我嫁给谁?我谁也不嫁!"

"夫人"没有进来。这一次她的心很硬。在离开校园之后的当天晚上,我在网上Q了她,问她为什么不嫁给他,六年了,她能嫁给他十次。她先不肯说,后来说了。她说他不愿意娶她,因为这个该死的老家伙不愿意她日后做二婚女人。她还在等待。她已经没有多少时间了,而她需要更多的时间。她需要用尽一生的性命才能吃力地翻过他这一页。

我的眼泪打湿了他的病服,也弄皱了我漂亮的蕾丝裙子。然后我们恢复了正常。我离开他,起身给他倒水,找出刀给他削苹果。他那副有气进没气出的样子,当然什么吃不进去。我问他想不想听我最近写的歌词。

他想听，但累了，要闭眼睡一会儿。他同意我俩暂时不说话，这样他就能够休息一会儿。但他是个撒谎大王，立刻就说了。

"你可以不嫁人，但得活到不想活了再死，对吧。"他喘息着说，"你不是自己的太阳。谁都不是自己的太阳。每一样东西都是生长的养料，来这个世界一趟不容易，够我们感谢的。"

"可我不是一个好基因对不对？"我红着眼圈说，"我问过我妈，怀我的时候，我爸吃的是麻雀，这就是我为什么变不成凤凰的原因。"

"我想告诉你一个秘密，我自己的。"他闭上眼睛休息了一会儿，睁开眼睛说，"小时候，我是个胆小的孩子，因为这个，我爸爸整天打我，把我的头都打破了。你看到了，我不够聪明。"他努嘴示意他的脑门儿，"摸摸它，这会儿还有个硬疙瘩呢。"

"一个在生活中根本看不见的爸爸，他不是真正的爸爸。"我不肯摸他那个需要小心翼翼保护的天才脑袋，更不愿意妥协。

"回过头去。"他没法挪动，把手抬起来，这个需要用手来完成自己的指挥家，现在已经失去了一切。他困难地不耐烦地动弹了一下，示意我回头看窗外。

我照他说的做了。我回过头去，看见窗外的树枝上停着一只小鸟儿，它歪着脑袋朝窗户里看，它也看见了我。

"告诉我,它的爸爸在哪儿?"他说,气咻咻的,显得十分粗鲁,而且根本不在乎我是怎么想的。

"它早就被它的爸爸丢掉了,但它在飞,一刻也没停。它会飞得很高,而且会有自己的孩子。"

"你想让我怎么做?"我觉得自己在崩溃。我恨死他了。他为什么还不结束?他早已不再是歌手,他连合唱都做不到了,而且不肯做那个一直在努力的芭蕾舞演员的合唱者。他早已越过了起声部分,他已经用完了他的所有时值,他已经到了全曲的终了,他应该在乐句消失的同时敏捷地结束掉自己的声音,像最好的合唱。但没有。

"回答我,你能把生命还给他们吗?想还给他们吗?"他目光如炬地盯着我,严厉地说。

我再一次哭了,哭得歇斯底里,一点儿尊严也没有。我知道那不是我要的,生命不是我要的,我那个时候还没有权利,但我得到了。现在的生活不是我要的,我也没有任何权利说不,但我同样得到了。他说得对,我不可能把生命还给带我来到这个世界上的那两个人,把生活还给生活。正如他也不能把死亡还给地狱,我们都不可能把任何东西还给任何人。

"那你呢?你为什么做不到?"我朝他喊道,"你是一个卑鄙的叛徒,只管自己,你还是一个自私自利的家伙,什么也看不到!"

有一刻，他什么也没说。他的脸色变得越来越苍白，很难看。他在努力呼吸，想让自己坚持更长一些时间。然后他开口说了。

"我承认，我不想死。"他说，"没错，我想活着。"有一阵他停止了，病房里能听见阳光嗡嗡的起伏声，然后他说了，"我想娶她，和她过一辈子。"

"去告诉她，马上！"我泪流不止，呜呜地抽搭着。

"我会那么做，用不着你操心！"他烦躁不安地说，气息在嗓子眼里发出蛇咝声，"现在轮到你了。"

"胆小鬼是你，没我什么事！"我冲他喊。

"那就让我看看！"他一字一字地吐出那几个字。他不肯让我离开半步，把我钉在他面前的椅子上。

我妥协了，彻底妥协了。我不要脸地哭泣着，同时打开自己，说出了内心最后的秘密。

"我说哥哥是垃圾宝贝，我知道这么说他不公平。"我哭着说，"他没那么脏。他总是希望我把他弄得很干净，一点大便味道也没有。再说，他不能废物利用，因为他不是废物，对吗？"

"继续。"他像一个残酷的击拍者，不肯让我停下来。

"妈妈，"我用肮脏的衣袖揩掉滚落下的泪水，我不知道为什么泪水会那么多，"我不后悔你不是最漂亮最富有的女人中的一个，不后悔你生下了我。你是不聪明，是挺笨的，但你的笨也让我长大了，我一点儿也不后悔。"

"一点儿也不吗?"他不依不饶地敲打着他该死的羊皮筒。

"是有那么一点点。"我哽咽着朝他喊道。他都快死了,为什么还不肯闭嘴?"但现在没有了,一点儿也没有了!"

"别停下来,继续,还有什么被你忘掉了?"他也严厉地朝我喊。

"爸,"我用力地擤了一下鼻子,我的鼻子肯定红了,这样会很难看,被美达和朱星儿耻笑,"我也不后悔你是我爸,不能后悔。"那颗奖赏最佳击拍者的巧克力在我手中已经融化掉。我把它稀稀拉拉地填进嘴里,弄了一脸巧克力酱,我相信在这个世界上,没有任何一个女孩子像我这么难看。"你从没给我买过冰激凌,从没问过我作业做了没有,从来不知道我在想什么,我脸上为什么有伤。但你把妈妈抱在怀里的时候,爸,我知道你想做个好爸爸。你想过。"

我忘了告诉你们,那天深圳的天气很好,没有台风路过,一切都很正常,和平日里一样正常。

2011年2月27日

一稿于深圳

2012年3月22日

改于深圳

你 可 以 看 见
前 海 的 灯 光

铜管一直打我的电话。我焦头烂额，疲于奔命，差点儿和老板打起来。铜管继续打。我去了他那儿。一见面铜管就埋怨。

"哪有你这样的朋友。"他生气地说。

"你还算朋友吗？"他鄙夷地说。

我能说什么？深圳根本就没有"朋友"这种东西。但我不能这么说。我不能把大家都知道的事情说出来，那会让很多人不高兴。

我一直在想，铜管是谁，一直没有想出来。我最近脑子出了点问题，很多事情记不起来。有时候我连自己是谁都记不起来，这真是一件令人沮丧的事情。

一个人给你打电话，不断地打，你不知道他是谁，他凭什么对你生气和鄙夷，你连你和他的基本关系都搞不明白，你连你是谁都搞不明白，这种情况实在是太让人绝望了。

好吧，我先做一个假设。假设这个不断给我打电话的男人，他的名字叫铜管，假设铜管就像他说的，他是我的朋友，我觉得这样假设一下也不是不可以。

铜管他是我的一个朋友，他在交响乐团吹圆号。有时候他也吹别的，比如和女孩子乱搞，在床上吹她或她们妖娆的波波头。我担心他再也吹不动圆号。他很快就40岁了，男人40岁以后就好多了。

铜管不是为和女人厮混的事找我。这方面我们都知道，没有什么好说的。他为孩子的事苦恼。

这真是一件麻烦的事情，你说这算什么？他干吗要有孩子？他干吗不养一盆水仙花？真说不清这个世界怎么了，人们都在想什么。

铜管的孩子名叫笔架。也许不叫这个名字，叫别的，但我一时没有想出来。自从罗湖汽车爆炸案发生之后，我的脑子越来越不好使了，想一件事情非常困难。也许我该去换个脑子，换个好用点的，英特尔或者联想，什么都行，那样情况会好很多。但也不一定。反正就是那么一回事。

事情扯远了，让我们重新开始。

孩子的名字叫笔架，是个男孩，10岁左右。也许不止10岁，但差不多就是这个年龄。

我一直想养一条1岁左右的狗，这样，我俩至少可以在一起生活10年，不像别的什么，说不在就不在了。而且，10年可以干很多事，也可以什么事都不干，这样真不错。但我不能向其他人提出要求，这种事情谁都不会答应。

笔架是个很正常的孩子，长得眉清目秀，留着瓜皮头，脑门两边的头发剃得很高，不怎么喜欢穿校服，因为这个，他在学校总是挨老师的训。

我希望这孩子穿他自己喜欢的衣服。我希望他喜欢考试，但千万不要参加学校组织的集体活动，那样的话，麻烦会更多。

问题不在校服和考试。笔架最近迷上了一件事情。他一放学回家就心神不宁，老是进进出出，坐不住，作业不好好写，但也没玩游戏。

"像是被魇住了似的。"铜管忧心忡忡地说，顺便捋了一下他漂亮的长发。

有一次，我突然想留长发。我在想，做一个留长发的人挺不错，但这个念头很快就放弃了。我不喜欢别人随便摸我的头发，特别是异性，抓住更不行。但如果你是长头发，你就不得不被别人随便摸，或者抓。这是规律，连弗吉尼亚·伍尔夫和皮娜·鲍什都难以幸免，所以昂山素季才不留长头发。

铜管告诉我，上个月的第7天，笔架放学回家，对生下他的那个女人说，他看见前海的灯光了。

我不知道那个女人叫什么名字，我还没有想起来，所以只能这么称呼她。

女人当时就吓蒙了，失手打碎了一只从印尼买回来的茶杯。

你要知道，那是在大白天，在大白天打碎一只杯子倒没什么，但学校一般不在半夜三更上课。就是说，大白天，你根本看不见什么灯光，如果不是凑在灯光下盯着看的话。

我说过，笔架很正常，他个头儿中等，智商中等，学习成绩中等，不口吃，很乖的一个孩子，但也没有什么出格的毛病。

一个看上去很正常的孩子，他看到了前海的灯光，问题就在这儿。你说，这件事让我怎么办？我真是焦头烂额。现在让我来说说我自己。我的女友跑了，跟我另一个朋友去了迪拜，在那里卖中国货。据说，她俩住在哈利法塔，享受着美味的生肉色拉和夏瓦尔玛馅饼。据说，那样做比在国内卖同样的货能多赚不少。

女友在宝安机场给我打电话。背景中有人在高唱国歌，还有人在激动地哭泣。她说，你去死吧。她真是伤透了我的心。她怎么能这样？要是她跟一个男的跑掉，我还能想通。

一开始我不认识我女友，是我的一个铁磁介绍的。我们认识了两年，已经准备结婚了。我的铁磁是个大姑娘，我俩前后脚出生，一条胡同里长大。她老爱跟我去掏鸟窝。如果掏了三个鸟蛋，她两个我一个，掏一个就归她。10岁之前，我俩还为小人书钻过几次被窝。那是多么美好的年代。

上大学的时候，她疯狂地爱上了她的政治学教授，把人家家里搅得鸡犬不宁。她爸用棒子往死里揍她，说要打折她的腿。她在北京待不住，我陪她一起南下深圳奔活路。

有一天，我俩在酒吧骂骂咧咧地玩色子，她喝了七十八杯芝华士，我喝得更多。她说："哥，你不能这样生活。"她说："你丫真是让我吐槽。"她说："说真的，你觉得那个长腿妞怎么样？"我说："真不赖，就是胸小了点。"她从吧台那边收回目光："空床吧一辈子你先。"我连忙改口："胸就算了。"后来我才知道，我那个瘦骨嶙峋喜欢穿吊带衫和热裤的女友，她和她的对象，就是我的铁磁，她俩已经好了三年了。三年前，我陪铁磁从北京南下，一钻出深圳火车站，她俩就对上了眼。

女友在车站倒卖磁卡，铁磁去她手上买卡。当时我也在场，傻乎乎在一旁替铁磁扛着行李，够着脖子看几个湘潭人打架，没顾上看年幼的女贩子那双漂亮长腿。

要不有铁磁什么事？

事情不止这个。我刚丢了工作。

我在一家风俗生活调查公司工作。我弄丢了公司的一份资料。老板说什么也不肯原谅我，要我立刻收拾东西滚蛋，别逼他打报警电话。

你说，这算怎么一回事？难道我起早贪黑干了三年，我把公司当成家，把身边的亲人一个个干没了，人们就应该这样对待我？再说，不就是谁吃臭豆腐，谁穿辟邪裤头，还有没有人戴客家凉帽吗，值得下这么狠的手？再说，我把资料忘在竞争对手的座驾里并非故意，能怨我吗？

你说，这三年我都干什么了？她俩天天见面，我还开着脏兮兮的皮卡送铁磁去过女友家。在楼下，铁磁拍拍我的脸，在我额头上来一个清脆响的栗子，快乐地跳下车，一眨眼钻进楼里。

她对男人羡慕嫉妒恨，把一个男人的脸打肿了，把一个男人的生殖器割了下来，这些我都知道。但我怎么知道她把她的老婆放在我这儿养了整整两年？

我和铜管坐在他家的客厅里，我们喝了一泡熟普，再换上一泡生普。铜管是乐团中铜管的首席，对这个相当在行。

我大汗淋漓，五腑通畅。我觉得可以走了，出门呼吸一下新鲜空气，再看看能不能找回丢失的资料，或者去一趟阿联酋。如果可能，我打算杀个把人，也许两个。但我知道，我不会那样做。

让满大街的什叶派男人盯着那两个不信仰伊斯兰教的好拉友看，看个够，再让她们赚回大包不吉祥的钞票吧。

"起来，"铜管生气地夺下我手中的茶杯，"到凉台上去。"

"干吗？"我问。

"告诉我，前海在哪儿？"铜管不耐烦地踢了一脚身边的蝴蝶兰。

这算什么问题，难道连前海在哪儿也要他来告诉我吗？再说，他不该踢蝴蝶兰，它又没有惹着他。我觉得我真的可以走了，去先知穆罕默德的美好时代，或者别的什么时代，随便。我懒洋洋地探出身子，向西边的方向看了一眼，差点儿没把喝下去的茶吐出来。现在我明白了，根本就没有什么前海。铜管家住在罗湖，从他家到前海，中间隔着福田和南山两个区，四十来公里，其间无数高楼大厦，蚊子飞起来都得撞上玻璃幕墙，根本别想看到远在南头半岛西边的那片僻静海湾。

就是说，在罗湖这个地方，你连前海的影子都别想看到。

"倒是能看见，在电影里，你能看到一片乱草丛生的海湾，也许还有一些臭烘烘的死蚝和鱼鳞，它们在阳光下闪着光芒。"铜管愤愤不平地指出，"可笔架说，他看到了前海的灯光。顺便说一下，是在大白天。"

我研究过一段星象术，我认为，这可能和黄道宫的位置有关。现在是北半球的春季，笔架属羊，就像大多数少年老成的天才，一般情况下，他们会犯冒进的毛病。

"冒个屁，"我差点儿被铜管踢爆下身，"都一个月了，他每天这么说，为这件事，他妈都绝望得快要自杀了。麻烦的是，有人认为他说的是对的。该死，这家伙受到了支持！"

铜管提到那个胆大妄为的支持者，是个女生，笔架的同校,比他高一年级。生下笔架的两个大人一致认为,那个女生的相貌有点像笔架,个头也差不多,但肯定不是笔架。

他们管她叫坏女孩。

"笔架不肯告诉我们她叫什么。她连名字都没有。她连笔架的一个趾头都比不上。她最好去找她的爹妈,让他们好好修理一下,至少修理出一个名字。"铜管气急败坏地说,"你觉得,我和他妈,我们谁该去看心理医生,还是我俩都去?"

天气开始热起来,我被云南高原的老树叶弄得很不舒服,想呕吐。

我在想,铜管是谁?我在哪里认识他的?我怎么一点都记不起来了。

下午,我给左丁护打了电话。我俩都觉得,笔架出了问题,这一点,和生下笔架的那一对男女的看法相当一致。

左丁护是我能找到的唯一肯替我分忧的人。他是卖楼的,狂热地迷恋自己的工作,偏执地认为所有他认识的人都是他的客户,或者潜在客户。就是说,他是一名雄心勃勃的人际消防员,不光替我分忧,也替他认识的所有人分忧。

左丁护忧心忡忡地在电话那头说:"不能看着不管,那样就不对了。"

难道需要他来提醒？

左丁护没忘了向我推销一个刚开过香槟酒瓶塞的楼盘。他问我是不是准备好了出手。他给我分析他刚从王石秘书那儿打探来的消息，地产大佬们开始了与政府紧缩政策的第七轮博弈。他向我推荐一个性价比相当不错的刚需楼盘，他可以帮我做好全套对付限贷令的手续。我撒谎说，我正考虑大户型，也许会去看看东部华侨城的海景房，对他推销的楼盘不感兴趣。他立刻向我推荐了三个大户型楼盘，最高的那套近两亿，一次性付款，港币免谈。我喂喂了两声，装作线路有问题，把电话挂掉，立刻掐断了电源。

我坐在那里，盯着电话发呆。我并不是真正的发呆，主要是想左丁护这个人。记忆里我怎么都记不起来他是谁。

他的确是卖楼的，不然不会向我推荐楼盘。他说得那么诱人，好像是白送给我似的，我要不给面子就是天底下最傻的傻瓜。可他为什么叫左丁护？我在哪儿认识他的？我从来没有打算买房。我就没有买房的资格。如果有可能，我打算把自己卖给谁。

我觉得事情越来越复杂。

我翻箱倒柜，找出最好的行头穿上，特别在袖口洒了点女友剩在卫生间里的香水，然后乘地铁去了"京基100"，混在公司一簇人群中，大摇大摆走进电梯。

我上到楼顶，找到西边的方向。我带了一架俄罗斯高倍军用望远镜，那家伙差不多有一颗东风21C导弹那么大。向恺撒发誓，我从望远镜中看到了滨海大道，看到了红树林，看到了深圳湾体育馆，看到了南山，就是没看到前海。

巍巍巨厦，遮天蔽日，前海消失在那之后。

撤离坎大哈，我把调研结果告诉铜管。我建议铜管租用一架警用直升机，凭空鸟瞰，这样，肯定能够看见前海。

铜管说："你脑子有问题，笔架又不是在飞机上看到的前海灯光。"

他说得对，但我知道，真正的问题不在这里。他在推卸责任。他对昂贵的租机费用有所忌讳。但我不是生下笔架那两个人当中的一个，租机这件事也只能作罢。

以后我又试了别的方法。

关于光线折射，这是有可能的。深圳是滨海城市，空气湿度大，光线这种东西，你知道它怎么样？它喜欢在潮湿的空气中化蛹为蝶，在幕玻的怂恿下到处飞舞，人们根本阻挡不住它。

关于幻觉，这也是有可能的。那些迷恋奥斯卡·路特斯沃德、米勒·莱尔、莫雷利特·蒂蕾茨、杰里·唐恩的蠢货大有人在；那些以为自己就是公民，兴致勃勃在公厕门口组织闪玩的普青，相信十二星座情人对撞图的文青，肯定自己就是自己，或者自己不是自己，而是128个其他人的二青，以及见人就说自己开了天目，刚和观音娘娘如来佛祖喝过早茶吃过斋河粉和白粥的萌中年，他们全都患上了严重的知觉障碍症，想要说服他们是徒劳的。

还有外伶仃岛。不是"留取丹心照汗青"的那个伶仃岛，是深圳外海的那个伶仃岛。有人叫它鬼岛。我不太相信吸血鬼和僵尸的事，我还没有被这些可爱的家伙追上过。但客家人的话，你最好相信，这样对谁都好。

等一等，现在让我梳理一下，我遇到了什么问题。

第一，我被老板炒了。第二，我的女友，她爱上了一个女人，那个女人是我最好的朋友，我的女友是她给介绍的。第三，我的租房合同到期了，我想换个稍大点的房子，不是起价两亿港币免谈的山顶豪宅，只要躺在床上打喷嚏不直接从窗户里飞出户外，那样的面积就行，但我失业了，连原来那套小房的租金也付不起。第四，我不知道铜管是谁，不知道铜管的老婆叫什么，也不认识左丁护这么个人，我不知道我和他们是什么关系。

你觉得我和他们是什么关系？我决定不理会这件事，但铜管缠着我不放。

"不关我的事，"我说，"关我的事吗？"

"孩子非常固执，他非气死我不可。"铜管说。铜管说的是笔架。这孩子一口咬定,他看见了前海的灯光。关于这个,你们都知道,我试过了。我站在那里想了想,又坐下来,托着两腮认真地想了想,还能有什么办法?没有。我决定去见那个坏女孩。我就去了。

生下笔架的那两个大人说得对,那个女孩,她长得的确有点像笔架,俩人的个头也差不多,但人没有笔架那么孱弱。她生得精灵古怪,穿七分娃娃裤,星星图案的带帽衫,脚上是一双流浪汉夏布洛一样滑稽的面包鞋,嘴里嚼着紫苏糖,不耐烦站稳,老用脚尖在地上画着什么图案。

她说:"你们大人懂什么。"我说:"那是。"

她说:"你们大人只知道害怕。"我说:"你说得对。"

她说:"你们大人只会说这个。"我说:"也许吧。可是,你叫什么?"

她朝地上啐了一口血水似的东西,说:"你们大人真没劲。"我就不说话了。她梳着两条朝天辫,歪着脑袋,用小拇指一下一下挑着脸颊边的头发。你说,现在还有谁家的孩子梳朝天辫?

我觉得事情很棘手。我不是不尊重科学。我一直在利用尽可能多的时间努力阅读科普读物,凡是我了解的科学我都尝试过,但那一点用处也没有,我照样被人抛弃在幸福而温暖的黄色沙漠外,同时很快就将无家可归。

事情就是这样，笔架，一个10岁，也可能不止这个岁数，但也差不多的男孩，他相信某种东西。这种东西它根本不存在，科学给不出任何这样东西存在的依据，但这个男孩就是认为它存在。没有缘故，他就是相信。

如果让他说，他会说大人们都傻了。好在大人不会让他么说。

"你说，笔架是不是被什么东西附了体？"铜管绝望地问我。

"让我想想。"

"快点想，没时间了。"他命令我。

我坐在那里认真地想，我还没长大的时候，老爱琢磨外星人和不明生物的事，这让大人们很担忧，他们害怕我被什么东西附了体，为此我度过了多少难眠之夜。

我觉得这是有可能的。我觉得给笔架消消魔，这是个好主意。也许它不是什么了不起的主意，拿不到任何城市创意奖，但你能拿这种事怎么办？

"快想办法救救孩子呀！"生他的那个女人害怕得放声大哭起来。

我坐在那里，闭上眼睛，背上一阵阵冒冷汗。我觉得事情已经失去了控制，正在朝越来越糟的方向发展。我觉得我越来越像一只土豆，但我不知道该拿自己怎么办，是做土豆泥、炸土豆条，还是放弃掉，什么也别做？

你猜，谁在你身后悄没声息地看着你？我是说，谁在我们身后悄悄地看着我们？

我接通电话电源。没等左丁护在那头喂出来，我就掐住线，告诉他我需要一个灵异师。

"不是风水先生、阴阳先生、癔症和白日梦治疗师，也不是拿地球引力和陨石撞击说事的知道分子，"我在铜管家的客厅里装模作样地转着圈，捏着电话正色说，"而是能够打破现有科学界面、不对笔架的事表现出惊讶、从容不迫解释偶然性和必然规律的灵异学者。"

"就像袁可立三百多年前在蓬莱解释海市蜃楼那样？"左丁护吃吃地笑。

"别扯淡，爷后腰让人戳住了。"我说。

"恭喜你，敲对门了。"那小子在电话那头说，"我就是你要找的人。"

"哈！"我觉得太可笑了。

我只笑了一下就打住了。也许他并非大言不惭。这座城市植被疯长，江湖势力非常强大，他们无处不在，其中有不少身手不凡的江湖漂。有人投双色球连中三注头奖，第二天照样不动声色地端着一盒鸡蛋肠粉去工地上打工。有人欠了银行一屁股债，照样谈笑风生地在国际论坛上指点世界经济危机如何走出困境。所以，切不可以貌取人。

左丁护并不关心我在想什么，他问我，有没有听说过赫特福德郡大学的心理学家理查德·怀斯曼博士。

我没听说过。都说深圳是外国人的乐园，我一个老外都没见过，据说，他们都像鼹鼠一样藏在华侨城里，只有狂欢节圣诞节才出来。而且，我连高中都没来得及读完，就辍学顾自己的嘴，然后陪铁磁来深圳了，根本摸不着大学的门，更别说英吉利海峡那一头的大学。

左丁护善解人意，在电话里听出我的羞涩，简单给我讲了汉普顿宫闹鬼的事。那鬼折腾人，一闹几个世纪，最终遇上了怀斯曼博士。博士领导一个研究小组，上手把这件事情给解决了。

我觉得靠谱，收了线，把左丁护的事转告给铜管。我建议把左丁护请来，给笔架驱魔。怀斯曼博士他比不了，但笔架不是汉普顿宫，养不住什么有来头的鬼，要有，也不过是个把小蠡头，没有必要非得划着帆板渡过英吉利海峡去劳驾怀斯曼博士。

铜管反复问，左丁护的工作属于收费性质，还是慈善社工行为，如果要收费，得多少才能拿下。我告诉他，只要他憋着劲说自己正考虑添置第二套房，左丁护不但会给笔架免费，还会买一送二，给生下笔架的两个慷慨的家伙驱魔。

"先申明，我不会付费，"他说，"这件事情产生的一切费用都由你付。"

我能说什么?

左丁护应邀到铜管家来的时候,我差点儿笑喷了。

你知道卖楼的家伙,他们全都认为自己是准备上台领金马奖的梁朝伟,连啃病鸡腿、吃十五块钱盒饭时,都不肯松开脖颈上的二手货领带。

有一次,左丁护给我送公司派赠的团购价卫生纸券,遇上内急,借我的卫生间用,卫生间门坏了,关不上,他认真地蹲在那儿用力,脸涨得通红,领带和西装衣角在地上扫来扫去。我乐得两天没打扫卫生间。

这回不一样,左丁护换了一件绉麻齐膝长衫,千层底布鞋,手腕上套一串成色可疑的蜜蜡镯子。我盯着他看了半天,差点儿以为从此失去了一位专注公益事业热心快肠的朋友。

左丁护带来一张神秘的照片。当然不是楼盘实景宣传册。

他从牛皮纸袋里拿出那幅照片。据他说,这张照片是美国宇航局"威尔金森探测器"工作的最新结果。他用这张照片做现场PPT,向我们证明,科学家在这张照片基础上得出的精确测算结论,在宇宙的成分构成中,人类勉强了解的原子占4%,没来得及了解的暗物质占23%,剩下的73%,全是人类现有思维鞭长莫及的暗能量。

"孩子可能接近了某种暗能量，或者他本身就是暗能量体。"左丁护小心翼翼收起宝贝照片，不让生下笔架的那个女人摸脏了。

接下来，我们把左丁护围在中心。他从容地喝着烫嘴的云南老树叶，吃着牛油曲奇，开始向我们布道。他告诉我们，简单地说，休息不好、情绪紧张、寒冷或灼热的气流、昏暗或变幻的光源、恐怖幽闭和磁场，这些都能造成人不安的感觉，支持人的大脑接受无处不在的暗示。

"但这孩子的问题没有那么简单。"左丁护说，"在长达一个月的时间里，孩子坚持说看到了前海的灯光，他可以坚持一个月，但暗示坚持不了那么长时间。"

你完全看不出左丁护是个卖楼的，他就像南方科技大学的学者，耐心地解释了一些超心理学、灵魂研究、新神学和应用灵学常识，同时严肃批判了二十一世纪科学发展对早期人类想象力哲学因素的忽略。他认为，笔架的问题不出在思维传感、附灵说话和灵魂出体上，而在预知力上。

换句话说，笔架具有心测术能力，就是 Psychometry。具有这种能力的灵媒，可以凭借某些媒介，知道未曾透露的事情，或者感知处在密封状态下的物品，包括隔着障碍物的景与物。

"你是说，笔架知道我一些什么事？"铜管被左丁护的说法吓了一跳,一脸紧张地看左丁护。

"难怪,每次放学回家,他总是看我一眼,什么话也不说。天哪!"生下笔架的那个女人身子猛地往回一缩,壶开了也不去断电。

"科学家为什么能在人的大脑里采录到图像和信息?"左丁护不想在大人们提出的问题上纠缠,放下手中的茶杯,"因为人的思维、心理和意念是物质活动,会产生一种时空波,它们既是信息的承载体,也是组成万物的根本,它们与物质直接作用,改变物质的运动状态。"

"你是说,"我说,"笔架具有心测术能力,他不但能隔物感知前海的灯光,还能测出这两个家伙不可告人的秘密,并且在暗中操纵他俩,对吧?"

铜管一屁股从沙发上滑坐到大理石地板上,张着嘴,说不出话。女人干脆双肘夹在两腿间,捂住脸,谁也不看。

我觉得这种场面挺来劲。我开始觉得,不管左丁护是谁,我认不认识他,他出现在这种场合是件不赖的事。

"我们不研究这个,至少,今天不研究。"

左丁护安慰两个吓坏了的大人,他让他们放心,他还得赶回公司去,往客户和潜在客户手里塞楼书,没有时间研究复合材料组成的家庭。再说,他不是来给孩子驱魔，那是迷信，纯属蒙人，他只是和孩子做一次心电感应，就是 Telepathy，弄明白孩子的问题，这里面没有铜管和他老婆什么事。

他让他们把孩子叫出来。

笔架被叫出他的房间。坏女孩跟了出来。

他俩一起放学回家，吃话梅黑糖棒棒糖，笔架帮坏女孩抄作业。

在此之前，坏女孩替笔架揍了一个欺负他的男孩子。

笔架坐在四个大人当中。左丁护坐在笔架对面，看一眼笔架，嘴里念念有词，目光开始游移。我和生下笔架的两个大人坐在一旁，目不转睛地盯着笔架。

坏女孩对客厅里发生的事不感兴趣，嘴里嚼着紫苏糖，小拇指一勾一勾挑着脸颊上的头发，在我们身后走来走去，然后站住，不耐烦站稳，脚在地上画着奇异的图案。

我向两个不知所措的大人解释，左丁护用的是意念波，有人管它叫思维信息波，就是不用语言，能看到人们心里想的什么。

但我没告诉他俩，我怀疑左丁护能做到，要是这样，他早知道我离他名单中的潜在客户十万八千里，我整天和他泡，不过是想找个人给我搭搭戏，演一场虚拟的奋斗剧，以支持我脆弱的自尊心，顺便骗一些公司派送的团购券罢了。

果然，左丁护失败了。他忙活了半天，既没从笔架那儿接收到高级别智慧生命的信息，也没在笔架之外接受到任何有用的信息。他很失望，搓着两手四下看，先怀疑玄关处的摆设物出了问题，又折腾了一遍客厅里的家具，再让屋里其他三个大人分别躲藏到沙发后和卫生间里。等这一切都毫无作用之后，他开始怀疑，是不是他判断错了。

"这孩子的超能力远在我的设想之外，他具有相当强的意念能量。"左丁护有点失去主张，用纸巾抹着汗漉漉的手心。

"什么意思？"沙发后的两个大人同时问。

"比如，"左丁护举例，"有人能灵魂出体，将思维波送到很远的地方，感知那里的事物。如果这样，情况就说得通了，因为灵魂出体和心电感应有时候容易弄混淆，就像现在一样。"

铜管和他老婆傻在那儿。

"我能离开了吗？"笔架老老实实坐在那里，看沙发后生下他的那两个大人。

我觉得事情很扯淡，太扯淡了。我觉得一切都是那么的可疑。

我们这些人到底是谁？笔架他是谁？还有那个在屋子里走来走去的坏女孩，她怎么不停下来？

我觉得我不能老是躲在臭烘烘的卫生间里。

还有，我知道那个卖楼的，他是个冒牌货，什么也不懂，说不定连他这个人都不存在。但他不让笔架离开。

"我们再试试天眼通，就是Clairvoyance，透视力。"左丁护额头上冒着一层细汗。他喝了这么多的茶，他真该脱下绉麻长衫，换回他肮脏的西装。"也许，我们还应该给孩子试试更多的预知力，"他使不上劲，下嘴咬扣得太紧的布纽，"有的人大脑拥有异于常人的接收能力，能知道遥远的事物。"他真的解开了领子上的纽扣，"笔架，来。"他把笔架叫到身边，向笔架下指令，"你看看，能不能看见屋里的红外光，或者紫外光？"

"你想让他看什么？"铜管毛骨悚然地问，什么也不顾地从沙发后面钻出来。

"看我们谁也看不到的东西。"这回换作我来解释。

我不在乎笔架看到他爹在床上吹谁的波波头，我们都在床上待过，没有什么不可告人的东西。

我更希望笔架能看到那对该死的好拉友，她俩此刻是否接受了哈利法酋长和美丽的王妃邀请，一对大行其道的小贼人正扬扬得意地走进酋长国宫殿，心满意足地吃着嫩羊肉炖饭和填充了羊肉碎的小胡瓜，色眯眯地欣赏阿联酋女孩跳甩头发舞。

也许她俩根本不在阿联酋。也许连她俩的人都不存在。但这又有什么关系？

"按波长的不同，光源分为可见光和不可见光，"我希望自己的解释具有专业性，"人眼的视觉功能决定了对光谱的可见范围有限，一般人看到的光，由红、橙、黄、绿、蓝、靛、紫七种单色光组成，叫可见光。可是，通过单色仪，人们可以看到不可见光区部分，而有的人，比如说笔架，他不用仪器也能看到，就是老辈儿说的，他有阴阳眼。"

"不行！"铜管情绪冲动地跳了起来，不是跑，而是从沙发后面直接迈腿翻过来，冲到左丁护面前，像是要杀掉他，"别看了，他根本看不见，咱家没有阴阳眼！"他朝笔架喊，"笔架，回你自己屋去，立刻！"

"笔架，别让他欺负你！"坏女孩冲笔架喊。

"在别人家捣什么蛋，破孩子，回你自己家去，别来烦我们！"生下笔架的那个女人生气地喊。

"笔架，给他们点厉害看看！"坏女孩兴奋极了，朝笔架喊。

我和左丁护不知所措，看看两个失去了章法的大人、坏女孩，再看站在屋子当中的笔架。在这种情况下，我们都有点激动。笔架在那儿犹豫不决，然后突然地，他轻轻颤抖了一下，像是醒过来，转身向门口走去，拉开门走了出去。等到坏女孩影子似的跟在笔架后面消失掉，我们才醒悟过来，你撞我我推你地追了出去。我们在楼下院子里追上了笔架。笔架他很正常，他哪儿也没去，就站在水池前。你知道现在的楼盘，它们大多有一些这种毫无作用的陈设，既不能冲凉，也不让洗菜，最多就是让惊魂失魄的飞鸟在那儿拉一泡屎。笔架现在就站在飞鸟拉屎的地方，坏女孩站在他身边，看上去她在保护他。

"走开。"铜管说。

"想都别想。"坏女孩两手叉腰，像二郎神。

"你又不是笔架。"生下笔架的那个女人说。

"我就是他。"坏女孩说。

我站在那些人后面，抬头朝天上看去，觉得有什么事情不对劲。我觉得天气越来越热了。我觉得事情可能正是这样，铜管他不是铜管，左丁护也不是左丁护，那个女人根本就没有生过笔架，她形迹可疑，连自己是谁都说不清楚。

同理，春天打雷，夏天下雪，那个我们连名字都不知道的坏女孩，她也不是什么坏女孩。她是一只黑颈鹤，一张道林纸，或者她就是笔架，只是我们看不出来罢了。

但我没有说出我的看法。

我怎么知道我是谁？我怎么知道我就是我？

有些事情，很多事情，你最好闭嘴，别装出什么都懂的样子。

我们不理坏女孩。我们看笔架。我们的目光温暖。

我们希望这孩子能够接受事实。他完全可以不这样，完全可以不用撒谎，或者因为在学校表现不出色，编出一种连科学都无法证明的东西来哄骗自己；他要是哄骗别人，哄骗大人，哄骗生下他的人，那就更不应该了。

我们这样看笔架，然后顺着他的目光看一只恰好飞过那儿的鸟儿，再顺着鸟儿消失的地方向西边看去。

我们全都傻眼了。

西边的方向，高楼大厦消失了，视线一望无际，那里是弯弯曲曲看不见尽头的海湾，海湾中，满是看不见水手的渔舟，一群黑翅白颈海鸟在海湾深处贴着浪花飘然游荡，雪白的海潮线由远及近，掠过胶皮似的滩涂，撞击着古老的海堤，再疲惫地陷落回大海；金黄色的芦苇后，一列红螯蟹排着散兵线摸索着前进，攀涉过蚝田，在更远处的地方消失了踪影。太阳当顶，海湾里一片粼粼波光，但那波光不是太阳照耀出来的——渔船上，滩涂间，草丛中，无数的灯光闪耀着，将海湾照得通明。

……

这一天真是一个值得纪念的日子，笔架他应该在电脑上记住这一天。这一天，生下他的那个男人和女人，他们的朋友我，以及我们请来为他驱魔的卖楼人左丁护先生，我们都向他投降了。

你说我们这些最终投降的人，我们这种大人有什么用?

我们决定向笔架表达我们的歉意,向他认错。就像我的一个朋友说的,向已经出发上路了,却还不知道自己要去哪儿的司机致敬。

我们买了龙胆草、蝎子、蝮蛇、长毛兔和一大块新出品的卡通图案比萨饼,非常正式地走进笔架的房间。

我们本来还决定买一些现实生活中不存在的东西,或者说,可能不存在的东西,当作礼物送给笔架。但是,笔架没有告诉我们那些东西,我们不知道它们叫什么、在哪儿、怎么才能买到,这个主意也只能放弃。

笔架不在他的房间里。

房间还在,只是笔架不在。

那个坏女孩在房间里跳舞。她穿着一袭雪白的长裙,微微闭着眼,脚不在地面上,人在半空中,就是说,她是在房间里飘浮着走来走去。

现在我明白了,她不耐烦站稳,老是用脚在地上画一些奇异的画,其实不是不耐烦,而是在设计她的舞步。

"笔架呢,他在哪儿?"我们问。

"他失踪了,"坏女孩飘浮在空中,扬扬得意地说,"用你们的话说,不见了。"

"等等,"我吃力地抬头看四处飘浮的她,"不见是什么意思?"

"不见就是不见,"坏女孩想了想,扇动一下双臂,出现在另一个地方,"就是失踪,消失。"

大家瞠目结舌,互相看,再四下看,好像刚才说话的不是坏女孩,而是笔架本人。

我带头,身后跟着左丁护,再后面跟着生下笔架的那两个大人,众人冲出笔架的房间,去别的房间寻找失踪了的笔架。

我们拉开大门看电梯间、垃圾处理间、配电房,连阳台下都探出身子检查了一遍,看笔架是不是吊在什么地方和我们开玩笑。

十分钟后,我们气喘吁吁地冲回笔架的房间。

"我早告诉过你们,他不见了,"坏女孩回到了地面上,抱着胳膊得意地说,"可是,他还在,你们看不见他。他就在你们身边。也许这个时候他离开了,去别的地方,他想去的地方,他想回来的时候就会回来,只是你们看不见他。"

"你的意思是,他现在对前海的灯光已经不感兴趣了?"我小心谨慎地吞了一口唾沫,"就是说,如果他不想那么做,他不想让我们看见,我们永远也别想看见他,对吗?"

坏女孩嘻嘻笑着,嘴里嚼着紫苏糖,小拇指一下一下勾着脸颊边的头发,脚不耐烦站稳,说不清在那里画着什么图案,头上的辫子一晃一晃。

你说,现在还有哪家的女孩梳朝天辫?

但有的事情,你最好闭嘴,别装出什么都懂的样子。

2012年5月8日

于深圳彩云路

出 梅 林 关

我离开办公室的时候，经侦局的人正在布置收捕我的方案。他们是老手，胸有成竹，喜欢把事情做得滴水不漏，并且从容不迫地享受由此带来的施虐快乐，这花去了他们的一些宝贵时间。我知道迟早我会落网，那些善良而经验丰富的猎鹿者会撬开我的嘴，用不了三天，我就会把一切都告诉他们。我的上司也知道这个，他并不指望我替他扛到底，他交给我两张存折，以便我替他周旋一段时间，这样他就能顺利地出境，心向往之地消失在美洲热情的阳光下。

"他们会为这个数字欣喜几天，但别指望堵住他们贪婪的血口。"上司对我说。

上司还给了我几个人的名单，这些可怜的祭品将被无情地丢给经侦局。丛林法则在任何时候都不会过时，但有的事情我死都不能交代，这个我懂。我不可能得到释迦牟尼或者上帝或者别的什么主子的庇护，这就是没有信仰的坏处，这个我也懂。

我的麻烦不止这一个。我得先办一件私事，去东莞见我的哥哥。他在一家夜总会当保安头目，那种指挥手下暴打闹事者的工作让他无比快乐。他是个瘸子。不是太瘸。要是他坐着或站在那里不动，谁也看不出来他有什么不正常。但他总是喜欢随身带着一根金属手杖，这样就能使他看上去像个权杖在握的中层干部了。

我和我哥哥有三年多没见面了。我从小就不喜欢他。他在我们的母亲面前告过我多少刁状啊！上次我俩见面的时间只有一分三十秒。我们的父亲去世，我赶回家乡奔丧，从江西老家回深圳，在广州乘上和谐号，他在樟木头车站等我。车门打开，我把母亲带给他的包裹交给他。他问我为什么戴眼镜。我告诉他，上司要我多学点文化。他问我孩子有多大了。他的口气像东莞市政府秘书长。他忘了深圳结婚成本太高，我连想要和我结婚的人都找不到。很庆幸我们不常联系，而且和谐号准时离开了樟木头车站。关于父亲丧事的话，他一句也没问，这就是为什么直到如今我仍然不喜欢他的原因。我觉得母亲点灯熬夜为他炒红薯干实在不值得，我能确定，走出车站以后，他肯定会把那包红薯干丢进垃圾桶里。

在发现目标消失之后，经侦局的人会把目标转向上司的秘书和司机，并且会在四处布置下天罗地网。怎么争取到宝贵的两天时间，让我见到不喜欢的哥哥，然后逃之夭夭，这也许是我此生最后的大事。我没那么傻，我才不会给什么人顶缸，上司给我的存折，现在户头上只剩下十元，其他的，我分别在三家银行里兑了现，那些粉红色宝贝，此刻安静地躺在一口密码箱子里。我会从人们的视线和记忆中永远消失掉，走得远远的，这就是我的计划。

北京牌吉普车从车库里冲出地面的时候，天还没有亮全。浓厚的云层折射出复杂的光线，它们在最初时刻映疼了我的眼睛。我没开单位配给上司的奥迪A6，而是开着我自己的改装版北京吉普，这样就没人会注意到我了。

罗宝、龙华和龙岗轨道线肯定被监视了，经侦局的人很容易在控制室的监视器里看到在旅客中紧张地挤来挤去的我，他们会带着同情的口气嘲笑说，瞧这可怜的浑蛋，他把自己弄成一个贴姑娘屁股的露阴癖了。他们会在下一站把我抓住，并且狠狠地揍我一顿。这事可没门儿，我不会让他们得逞。

搭乘泥头车出关是个好办法。没人会拦泥头车，除非你打算让血栓已经够厉害的城市交通彻底瘫痪，并且把交通肇事死亡率提高一倍。问题是，我不是一个人，还有嘚瑟。

嘚瑟不是人，是一只雌性伶鼬。作为世界上个头最小的食肉动物，它和我一起生活了三年，你也可以说它是我的女儿。我是在惠州的一家野味餐馆里捡到嘚瑟的。它的妈妈在成为人们的一道菜之前生下了它，它被扔在厨房角落的垃圾桶里，埋在一段果子狸的肠子和一堆打蔫的芥菜叶下，浑身裹着脏兮兮的胎液，眼睛还没睁开。八个月以后，它出落成现在的美少女样子；要是不算上它那条老是逗我发笑的尾巴，它的个头差不多有我脚掌那么大。它喜欢在我高兴的时候，收缩起前面的两只小短腿，憨态可掬地站立在我手心里。我俩有很深厚的感情，但我知道，我们的缘分到头了。

我为嘚瑟准备了它这辈子最奢侈的一次晚餐，食物包括我能找到的所有啮齿类、鸟类和两栖类动物。"你还想怎么样。"我对它说。然后我把酒足饭饱的它装进一只布口袋，把它送到莲花山公园。"你会喜欢你的新家，对吧？"我故作轻松，不想让它知道我他妈的其实在装。我真希望它在莲花山愉快地生活，最好它能遇到一只模样和性格还不错的雄性伶鼬，虽然这种事几乎不可能发生。当我擤着红鼻子穿过莲花路返回公寓，并且因为抢道差点和两个发售楼书的年轻人干一架的时候，我听见身后一片刹车声响，还有一声沉闷的撞车声。嘚瑟冲出莲花山公园北门，在两辆追尾汽车和几辆急速刹住的汽车中惊慌失措地狂蹿，尖锐地惨叫着向我追来。我推开那两个打着领带的老弟向嘚瑟奔去，我决定带嘚瑟走，让命运选择我俩最后的分离。可这小东西见到生人就害怕，不断从肛门腺中排出浓烈的麝香气味。没有任何一个泥头车司机能够忍受住嘚瑟无与伦比的臭屁。

我决定开着我那辆北京吉普冒险闯过梅林关。也许经侦局的人会在关口留下两个人，也许不会。我花七千元从网上买了一支仿七七式手枪，二十发子弹，这家伙是自制的，但除了没被军方授权，所有功能都和真家伙没什么两样。只要他们没抓住我，出了梅林关，就没人能够找到我了。

"孩子,好日子结束了。"我认真地告诉嘚瑟,"我们得去寻找新的生活。"我告诉它,我可没有那么好对付,"我们要学大胸脯鲑鱼,勇敢地逆流而上,让那些在滩浅水缓的河流边等着我们的棕熊见鬼去吧!"

小家伙竖起圆圆的耳朵,后足着地,站立起来,把钝直的鼻子伸向我,触碰了一下我的鼻子。它非常漂亮,细长的身体,玻璃球似的眼睛,柔软的毛是巧克力色,肚子上的毛是白色的。它的意思是,它会和我在一起,永远也不会抛弃我。想起把它往莲花山公园里丢的事情,我红着脸把目光移开。

我怎么也没想到,在车库里我会碰到佟火火。她刚停止哭泣,靠在我的北京吉普上,红着眼圈气呼呼往脸上抹东西,一边往嘴里填热榴梿酥,食品垫纸丢得到处都是。她尖尖的下颏上有一道抓痕,这使她的脸看上去就像一件品相损坏的瓷器。她听我说要离开深圳,立刻表示她要跟我一起走。

怎么说呢,我和佟火火的关系比较特殊。她是我在深大的小师妹,我学教育学,她是艺术学院的学生。在学校里我俩还没有勾搭上,我们是在一个名叫"山地貘"的徒步团体里认识的,我是队里的资深穿越人,她是总给人添麻烦因而让人远远躲开的菜鸟队员。我离开学校以后再也没有见过她,再见到她的时候,她已经成了同妻。

佟火火的丈夫邹大路是群艺馆著名的美男子。作为一名创作辅导员，他擅长翘着兰花指教街道和企业的年轻人跳集体舞，比如《走进新时代》什么的。邹大路有一个固定的性伴侣，一些不太固定的追求者，天下人都知道，他们全是相貌秀气的小伙子，他们中没有佟火火。佟火火第一次气呼呼上我的床时我很兴奋。我想五年了，她到底没能扛住我的魅力。后来她告诉我，她对我根本没兴趣，只是知道五年前穿越七娘山的时候，我偷看过她在山涧中洗澡，为了报复邹大路，她才让我睡她。她警告我别陷得太深，她不会承担来自我的任何情感愿望。为这个我失落了很长一段时间，一直摆脱不出来。你以为一件东西是你的，但它又不属于你，没有什么比这个更悲哀的。

我对佟火火有强烈的好感，你可以把这称作爱情。我不能欺骗火火，告诉她我犯事了，事情不是我犯的，是我的上司，那家伙跑了，留下一堆屎让我替他擦，但我不想做替死鬼，我也得跑，我得出梅林关。她对我说的事情一点也不吃惊。她说你迟早会犯事。她说让那些官员们见鬼去吧。她说她已经受够了邹大路，这次无论如何要离开他。"不管你去哪儿，都必须带着我。"她说。这让我有点不高兴。她不该天没亮就闯进邹大路的房间。说实话，要是她不那么气急败坏，而且在我睡过她一次后她不拒绝再让我碰她,她其实是个挺不错的美人儿,但这并不等于她可以命令我。

我把嘚瑟的食物罐和我的睡袋放进车厢,在后座安顿好嘚瑟和密码箱,火火已经快速收拾好化妆包。她瘦得不像样子,和嘚瑟一样柔软灵活,几乎像水母似的滑进副驾座,眨眼间系上安全带,我根本来不及关上车门。这使我更加不高兴。我俩就像两种互无谱系关联的物质,我是一把黑柄地质铲,她是一块蓝宝石,我想把她从一块变质岩上敲下来,可她死也不肯离开那片沉积矿床。我俩注定了要遭遇,却永远也别想成为一家人,我还能怎么办?现在我的负担更重了。

"你不觉得我们应该来一个告别仪式吗?"北京吉普驶上街头以后,火火开心地说。滨海城市变幻无常的黎明让她心情好多了。她建议我们别那么急,我们应该四下逛逛,看看能在什么地方找点乐子。"没有人能在一千万上班族和两百万气势汹汹的车辆中抓住咱们,了不起的夏洛克也不能。"

她说得有道理。而且她说"我们"。看来我没把她踢下车并不算太糟糕的事情。最主要的是,她只在甜食店里买了半打榴梿酥,一个也没给我剩下。她就是这样的人,只顾自己。嘚瑟的食物罐里我倒是准备了一些食物,两只冰鲜麻雀和一大块白水煮牛肉。这小家伙的饭量大得惊人,如果一天没喂它,它能啃掉半座市民中心。早上我给它喂了半条菜花蛇，另半条也在食物罐里。问题是我不能侵占嘚瑟的食物。

我在景田北路停下车。我们吃了一顿丰盛的早餐。潮汕羊肉粉丝和鲜虾肠粉，还有自磨的黑豆浆和潮州咸菜。火火的胃口非常好，她就像一头怀了龙凤胎的露脊鲸，把一整屉小笼包填进嘴里。我不知道她怎么会这么瘦。她吃得比我多出一倍。

"接下去我们干什么？"有了足够的热量，火火的情绪好多了。

"难道我没有说过？我要出梅林关，去东莞。"我说。

"干吗走梅林关？"她快速补上唇膏，坚持使用我们这个词，"我们干吗不让自己快乐一点，走东部快线，去大梅沙玩玩，再去惠州，从那里去东莞非常近，就像去邻居家串门。你有多久没去邻居家串过门了？"付早餐钱的时候，她坚持让我买下一只隔夜的烧鹅，想用那个来讨好留在车上的嘚瑟。她和嘚瑟一直相互保持着警惕，在她造访我单身公寓为数不多的次数里，她俩互有嫌弃和小型摩擦。但我觉得她是对的。我指的不是那只满是凝油看上去糟糕透了的烧鹅，而是逃亡路线。经侦局不会想到我会绕那么大的弯，那基本上是一条没有任何章法的旅游路线，只有傻乎乎的北方人才会走。我决定听她的。

我把车驶上新洲路，拐上滨海大道。北京吉普在城市快线上以八十码的速度行驶。我们很快经过了保税工业区。半个世纪以来最大的水电危机来了，这座城市百分之七十的企业主移民了，这是一座阳光下脆弱而拥挤的空城，我开始踏上逃亡之路。

嘚瑟很高兴，在后座上蹿来蹿去。我叫它别用爪子刨车窗，它不可能抓住车窗外的银喉长尾山雀和灰腹秀眼鸟。我觉得这个头开得不错，我们将视察东部的山海美景，也许接下来我们会遇到更美妙的事情，我的意思是，如果火火这次不那么刻板，在我向她表示某种愿望的时候，她能稍微懂得配合的话。

"能让我开吗？"火火说。她指的是吉普车。她不是乞求，而是献媚，胸脯在我手肘上蹭。但那没用。我不会把车交给别人。我不会把自己交给任何人。何况，这是一次非同寻常的旅行，好比穿越一座危险四伏的无名野山，在此之前我还从来没有过这样的穿越经历。

"我们去看看罗湖口岸怎么样？"火火对我的拒绝并不在意，"我还想去大梅沙玩。"

为什么不呢，我想。她并不爱我，她一直不肯离开那个让她的生活偏离了正常轨道的兰花指先生，我只是她的报复工具，这个天下人都知道。但我会在某个地方停下来，为她采购她需要的用品，比如换洗内衣什么的。我拿不准她会在什么时候离开这辆车，也不知道同妻们都使用什么牌子的卫生品。也许她们和正常人不一样，她们很快就会改变计划，并且更多地使用一些硅胶或者金属材料制品。

我把车拐向罗湖口岸，没去惹边防武警，只是开着车沿着那条著名的狭窄街道象征性地视察了一遍。三十年前这儿可是个了不起的地方，它是中国内地唯一向外界开通的口岸，有一条很多有身份的政客和有名头的罪犯熟悉的旧式铁路桥，如今那座桥被拆下来，丢弃在深圳河香港那边的丛林中，成了绿蟾蜍、花背蝰蛇和红尾蜥蜴的乐园。

上午九点多钟，厚重的云层破开，快速融化掉，在离太阳稍远一点的地方再度凝固，变成一团团火山熔岩般的东西，边缘箍着不规则的金边。那个时候，我们已经参观完还没开门的会展中心，我沿罗芳立交桥驶上罗沙高速公路。

好的驾者一定会警惕高速公路，它们会误导驾驶者。六十多年前日本人在这儿修了一条公路，但不是现在的这条。过去这里是关内和关外的分界线，进入关内需要证件，深圳人用身份证，香港居民用回乡证，外国人用签证护照，内地人要在居住地办理边防通行证，想找份工作还得办劳务用工暂住证。高速公路会是一次诱惑，但好驾者不会上它的当。

"你还是没有告诉我，你会不会带我去大梅沙玩。我太想去了。"火火说。

"参观结束了，接下去，我不会在任何地方停下来。"我申明说，"你可以把椅子放下去，让自己躺得舒服一点。"我觉得这就足够了。装烧鹅的食品袋没封严，车里满是卤汁味道，让人觉得这是一次令人沮丧的世俗生活大逃亡，我们逃啊逃，永远也别想逃离吃喝拉撒那一套。

"想都别想。"火火说。我不知道她为什么要这么说。"你到底干了什么，他们为什么要抓你？"她对我的决定有些生气。但她并不真想知道这个答案。有一段时间，她忘了刚才问过我什么，没有搭理我，把车窗摇下，胳膊垫在车窗上，替自己做了个靠垫，下颏埋在手肘上，着迷地看深圳河对面的香港山景，那里的阳光正往原始丛林中乱坠。后座上的嘚瑟和火火一样安静。嘚瑟每活动半小时就会休息相同的时间，那段时间里它就像一件被孩子丢弃掉的玩具，你根本用不着管它。但火火没有，她很快开口说话。

"你还是不让我去大梅沙玩？"

"对。"

"你要是我的男人，会从倒扣着的游艇里把我救出来吗？"

"我不是你男人，这你知道。"我感到好奇，"你干吗要把自己倒扣在游艇里？你参加海上求生训练班了？"

"不是我，是我的一个朋友。她要结婚了，婚期就在这个月。"

"你的意思,我俩就在东部快线上兜圈子,油兜完再灌上,等你朋友婚礼那天,我送你去抢蛋糕?她哪天把自己结束掉?"

"你能不能闭嘴,听我把事情说完?"她怒气冲天地说。

"行,我闭嘴。"我息事宁人。我决定稍晚一些再打开收音机,听听"飞扬971"的音乐节目。

"上个月,她和三个姐妹去大鹏半岛玩。她们都带着自己的丈夫或男朋友。"她说,"她们想去游艇上拍照,你知道,比基尼那种。"

那还用说,我当然知道。但我没说。

"她未婚夫的照片拍得不错,她推荐他当摄影师。这样,四个女人,她未婚夫,加上驾游艇的小伙子,六个人去了海上。"

她把被风吹乱的头发弄整齐。她的短发挑染成金红色,穿一件粉色公主衫,红色高帮帆布鞋,一副苏瑞·克鲁斯的萝莉公主风。她一边说着,一边抬起长长的瘦腿放在我的膝盖上。她的腿像瓷器似的泛着沉睡的亚光。我尽可能显得客气,分做两次把它们从我腿上取下,塞回座椅前的空当里。她应该把自己变性成克鲁斯本人,而不是他的女儿,这样她才能唤起邹大路对她的欲望。

"然后呢，游艇翻了？"我说。

"对，故事都是这么发生的，没什么两样。"她说，对我刚才的做法一点也没恼火，"游艇翻了，四个女人被扣在船下，未婚夫和驾船的小伙子跑了出来。他们惊慌了一阵子，开始潜入倒扣的船下救人。我的女友吓坏了，一根破裂的管子往她眼睛里呲柴油，她不停地灌水，被海水呛得大哭。她的未婚夫听见了她的哭声。他非常勇敢，三次潜入船底，拽出了三个女人，她们没有一个是我的女友。"她停下来，犹豫了一下，好像不肯说出后面那句话，"你知道，在扣住的船下，你什么也看不见。"

我知道。年轻的时候我试过。那个时候我真是热血沸腾，什么事情都敢干，就为这个，到现在我连科长都没当上。可那不关游艇的事，在海水里，你睁开眼睛等于腌制眼珠，速度比腌制金华火腿快多了。

"没人死掉。四个女人都被救出来了。我的女友是最后一个被救出来的，那个驾驶游艇的小伙子把她拖出倒扣的游艇，拖上海面。"

"有惊无险。"我为这个结果庆幸，忍不住评价。

"没错。可我的女友无法接受这个结果。事后她一个劲地问她的未婚夫，为什么，为什么？"

"为什么他没救出她？"

"对。他三次潜入游艇下，救出了除她在外的所有人,但她们中间没有她。"

"接下来发生了什么,你那位女友决定赖掉婚礼?"

"不,婚礼照常进行,只是新郎换了,换成了那个驾驶游艇的小伙子。"

火火很会讲故事,但我知道那是真的。哈,她嫁人了,新郎不是我。我咧开嘴无声地笑了。

"你什么意思?"火火警惕地看我一眼,蹙起眉头。如今还保留着真眉毛的女人不多了,她是一个真品,但这样更危险。

"这种事情每天都在发生,只是你恰好知道其中一件,把它说出来罢了。"我安慰她,一边提速超过一辆慢吞吞的奔驰SL,在超车时心里疼了一下。那家伙简直在暴殄天物。你要知道,不是随便哪辆车的发动机都有306匹马力,而且在爆胎之后还能以90公里的时速开出160公里。

"现在我知道你出什么事情了!"她气呼呼地拍着车门。嘟瑟在后座警惕地直立起来,瞪着玻璃珠眼睛往前看。

"别拍车门,"我央求她,"我什么也没剩下,就剩这辆车了。"

"你出生的时候,助产士用一粒石子把你的小心脏换掉了。"她继续敲打车门,脸涨得通红,"你还不如让人抓住,让他们把你揍一顿,然后再求他们把你的心脏从垃圾处理袋里找回来!"

"没有人死掉,对吗?你的女友有理由请所有认识的人吃猪肚鸡。"我说。我得绕道一百多公里,不希望路上谁不愉快。

火火冲我扑过来。我没躲开,她的巴掌快捷地在我右脸上印下火辣辣的一记。嘚瑟的反应比我快,细长的身体从后座一股巧克力糖浆似的漫上来,柔软地挂上驾驶座,冲火火发出嘶嘶的威胁声。车内满是难闻的麝香臭味。

"让这只破耗子滚开,叫它别碰我!"火火尖锐地喊叫着,想从我空出的一只手里挣脱出来。车在超过一百码的时速中摇晃了一下。

"孩子,我没事儿,回到座位上去。"

"它要敢碰我我就杀了它!"

"它要杀你你根本来不及说这句话!"我冲她喊道,"而且它不是耗子!"伶鼬会在第一时间准确致命地咬住目标的脖子,无愧它最小食肉动物的称号。

火火平静下来。我松开她,把速度降下来,车窗打开,车停在盐坝高速公路边的安全带上。我下了车,在车边站了一会儿,朝地上吐了一口唾沫,又吐了一口,走过去打开车厢后门,取出食品罐,给嘚瑟准备食物。嘚瑟必须不断进食,否则它很难活下去。它对那只烧鹅毫无兴趣,很快消化掉剩下的半条菜花蛇。

我站在那儿，朝香港那边看。那边的山成片成片，山上长满了红豆杉和罗汉松，一些黑衣裳红嘴角的杜鹃鸟不断地出没在林间，弹丸似的跳跃起舞，像是在练习一种奇怪的体育运动。然后我给火火取了一瓶水，我们继续上路。

北京吉普穿过隧道。香港那边的山被盐田的山遮拦住。车窗的左前方能够看见东部华侨城的别墅群落，它们像一些被人丢弃在那里的积木，你盯着它们的时间长了，会觉得那些山在疼痛。

"你没事吧？"我摇上车窗，看了一眼火火。

"没事。"她口气平静，听不出什么。

"如果你改主意了，我会在前面掉头，把你送回市里。"我说。

她没说话，半躺在座椅上，目光穿过车窗玻璃。右边的群山豁然开朗，盐田货柜码头冲向她，那些高大的吊臂像是被她小小的额头吸进去，再从她的后脑勺上钻出来。

我想到邹大路。我们打过几次交道，他知道我在充当火火窝主的角色。有一次，我气呼呼地去和他交涉。我打算把他揍一顿，再揍一顿，然后警告他别再扭他妻子的手腕。我没带任何凶器，但我知道我会敲碎他那只海马的漂亮脑袋。可我没干成。那个可怜虫噙着眼泪脱下衬衣，让我看他背上一排排的掐痕。我承认，我当时目瞪口呆,被那个现代派涂鸦者留下的失控图案吓住了。接下来他告诉我一些事情,是关于他爱人的。那个男孩刚满二十,他们爱得很深,因为这个,男孩被父母撵出了家,又被单位开除了。男孩的妈妈当着儿子的面撞向桌角,把自己撞得头颅绽开,流了半屋子的血,几天没有活过来。他俩谈到过分手,可他们实在太相爱了,每一次分开不过是给强烈相爱再一次理由。男孩求他把自己藏起来,于是他决定带着男孩一起去死——慢慢地死,直到九十岁那一年到来。

那天我糟糕极了。我知道,作为一名舞蹈演员,他是多么的热爱自己的身体,作为一个爱人也是,它不该被挠成那样。我去外面逛了一圈。我把一棵阔叶榕树狠狠地揍了一顿,手上全是血。我把手洗干净,买了一瓶酒,回到邹大路身边,找了两只脏兮兮的口杯,给他倒了一杯,我自己一杯。我们站在那儿把酒喝完,然后我就离开了。能怎么样呢?我们总以为自己太不了解别人,可等我们了解过以后,却发现比之前更糟糕。

"你会去哪儿?"在穿过盐坝高速最后一个隧道时,火火开口问。

有一阵我没说话。在岔路口,我毫不犹豫地把车拐上了惠深高速公路,把大梅沙的路牌远远丢在路的右边。火火沉默不语。嘚瑟从后面过来,在我腿弯住蜷伏着,不满地盯着那个失落的女人。它还没忘刚才在车上的那番打斗。我让它在我腿上待了一会儿。它吓坏了。谁都需要安慰。

"别把我丢在路上,"她眼睛没看我,口气十分认真,"也别把我卖了。"

我想笑,可笑不出来。我在想,谁会要这样一个女人,能卖多少钱。我在想,我父母生了两个儿子,父亲死的时候我回去处理的丧事,现在母亲要死了,该另一个儿子去照料了,这就是我要做的事情。

"我没时间在任何地方停下来,我要去东莞。"这个我已经说过了。"我有一个哥哥,我得去见他。我还有一个妈妈,她就要死了,我在逃亡,我得把她托付给她的大儿子。"

火火转过脸来看我。这是她上车以后第一次把脸转向我。

"你从没说起过你的事。"她指我的家人。

"你真想听?"

她动动身子,移向我,把我的一条胳膊圈住,搂进怀里,下颏枕在我肩头,闭上眼睛。嘚瑟有点儿戒备,但也没做什么。她俩都在听我说。

"小时候,我喜欢过一个撒谎的人。"我开始了我的故事。

火火笑了,咬住一只手指,意识到那样做不对,快速拿出来,吐了吐舌头。嘚瑟警惕地看着她,再抬头看我。

"别笑,我说的是真的。其实那个人没对我撒谎。"我想了想说,"我那时五六岁,整天拖着两条鼻涕,不知因为什么门牙缺了一颗,模样儿丑极了。我哥哥非常聪明,而我干什么都干不好,这让我很灰心。"

火火想让自己坐舒服一点,把嘚瑟的脑袋往一边扒,把自己挤进来。嘚瑟嘶嘶地发出警告。火火把它捉到她腿窝里,竖起一根指头警告它别乱动。现在她俩好多了,都安静下来。

"有一次,家属区里来了一个要饭的,是个脏兮兮的中年人。他有一对非常大的耳朵,头发很长,看上去有不少虱子,一只眼睛是玻璃球做的,大家都怕他,谁都躲着他,只有我老跟在他身后。"

我能清晰地回忆起那些细节。邻居家炉子上的牛奶溢了,空气中散发着牛奶的焦煳味。院子里的树上夏蝉在叫,一只毛发奓立的猫轻手轻脚从围墙上走过。我从家里偷了两个馒头,还偷了爸爸的一条工装裤,几块零钱。我把这些东西都给了那个中年乞丐。

"不知为什么,我觉得我认识他,他是我的亲人。"

这句话我没告诉过他本人,为这个,快三十年了,我一直在后悔。

火火伸出手来摸了摸我的脸。她的手有点凉,但很温柔。嘚瑟圆圆的玻璃珠眼睛警惕地跟着她的手转。那里还有什么？有什么我没能记住的？

"他告诉我，他是从另一个星球上来的。我不记他当时说的那个星球叫什么名字了，反正挺拗口的。他不让我告诉别人。他说我也不是地球上的人，我是他那个星球的人，他只是来看看我生活得怎么样。"

火火抱紧了我的胳膊。我能感觉到她轻轻地颤抖了一下。我能感觉到嘚瑟皮毛的温暖。

"我听不懂他说的话，但我能记住他的眼睛。他看着我，他那只假眼珠就像随时能够变幻出一些奇妙生命的飞行器。他的样子完全把我迷住了。那次我哭了，哭得非常伤心。"

"你相信他的话？"

"直到今天。"我非常肯定地点点头，"不过，我再也没有见过他。"

有一阵，我们都没有说话。渐渐稀少的建筑群被远远抛在身后的山路上，北京吉普不断冲进云彩的阴影中，又冲出来，在阳光明媚的公路上，像展开覆翼的甲壳虫似的飞驰。很多事情，它们只会在小时候到来，在我们长大的时候，它就彻底消失了，再也不会出现。

嘚瑟离开火火的腿窝，漫过副驾座的椅背去了后座，它在那里立起身子兴奋地扒窗户。它看见了大海。大海在车窗右边拉出一条弯弯曲曲的蓝色岸线。

"我妈妈一直想生个男孩儿。在我之后，她又怀过两个，做过 B 超以后，她就在引产单上签了字。"火火开口说，"你能把窗户打开吗，我想闻海风的味道。"

我把车窗打开，热烈的海风灌进车内。嘚瑟兴奋得要命，再度跳回火火的腿上，一双短短的前腿搭在车窗上，柔软的毛发乱成一片。

"以后，她再也没有怀上过。"火火把嘚瑟拉下车窗，抱进怀里。它朝她嘶了一声，但有海风在，它也没怎么样。"她恨我。她说我是她一生的劫数。"

"你父亲也这么想？"

"不，我父亲不在乎我是女孩儿还是男孩儿，他只要求我考上大学，因为这个，我犯什么错误都不行。从我记事以后，他就一直在打我，先是巴掌，然后改成竹片，以后抓住什么就用什么打。有一次，他甚至用一把挖土的铁铲砍我的腿。"

我下意识地朝她的腿看去。我想知道瓷器在什么地方有一道裂痕。我还想我俩仅有的那次交媾。她闭着眼睛，眼睫上挂着一星泪珠，咬牙切齿，就像我俩之间发生了一场强奸。我被她的样子吓住，快速起来穿衣裳，她从床上爬起来拼命踢我，把我踹进沙发角落，我的头磕出了一个很大的血包。她的腿很有力量。

"有一次，是中考前，我太想玩了，偷偷跑了出去，被他发现了。他说他没读过大学，就为这个一辈子也没活好。他说他宁愿做孤老，在养老院里没人探视，也不要我这个不争气的孩子。"

我的心收紧了。我能听见大海深处一头斑点海豚在吱吱地呕吐。

"他那个时候完全疯了。他把我妈关进卧室里,用绳子拴住我,把我吊起来打,然后命令我把衣裳脱光。他把门打开,拽住我的胳膊往外推。我求他。我说爸爸我再也不敢了。我说您别让我丢丑。可他还是把我丢出了家。门在我身后重重地关上。院子里全是玩耍的孩子们,他们停下来,像看一个怪物似的瞪着眼睛看我。我完全昏了头,不知道该不该蹲下来,还是从他们面前跑过去,跳进对面的小河。那天晚上下雨了,我躲在河边一棵酸苹果树下,我的背上落满了白色的苹果花。"

有一阵我们都没有说话。然后我看了她一眼。她扭着脸,视线在窗外,面带微笑。我伸出一只胳膊,将她搂过来。她埋在我怀里,脸慢慢滑下去,用力咬住我的肩,我差点儿没叫出来。但她很快好了。

"其实吧,你是个好人。"她推开,整理乱糟糟的短发,有些不好意思地说。

"我知道。"我说。是男人。

"要是不爱邹大路,我会爱上你。"

"你还是接着糟蹋他吧。"我看出她是来真的,但我知道她是在安慰我,她对我一点情欲也没有,就算她不爱邹大路也不会爱上我,再说我不想乘人之危。"我什么才艺也没有。我连走路都收不住肚子。来不及了,我不打算改掉那些坏习惯。"

"但你还是想操我。"她开心地笑,顽皮地把脑袋摇得像拨浪鼓,这样她的短发就挓挲成一朵金红色的蒲公英。

"我不光想操你,"我承认,并且盯着前面的路认真地说,"当我老了的时候,当你老了的时候,我们都操不动了,我还想握着你的手睡觉。我就是这么想的。"

她收起笑容,看了我一眼,沉默了。她的眼泪就像快速跳跃开的火星。我没看她,伸出右手,把她的一条腿拿起来,细心地搁在我的膝盖上,然后是另一条。我温柔地抚摸着它们,细心地寻找那道看不见的伤痕。她缺少抚摸,所以她的腿才会失去光泽。

火火哭了,脸拼命扭向车窗。我不知道她心里怎么想,我只知道,如果我能做到,我愿意变成任何一件东西,我甚至愿意变成邹大路。我会停下孤独的舞蹈,跪在她身边,温柔地抚摸她长长的瘦腿,疼爱她,一辈子只做这一件事。

我决定在海边住下来,让火火和嘚瑟好好在海滩上玩一次。我们已经错过了大梅沙,但我们不会倒回去,也不会错过所有的海滩。我在葵涌下了高速公路,穿过雷公山隧道和迭福山隧道。整个下午,我都让北京吉普沿着海边行驶,去所有车能开到的地方,把车停下,把火火和嘚瑟撵下车,把她俩赶到海滩上去,然后再换另一处海边。

嘚瑟兴奋地在一片灌木丛中蹿来蹿去,它发现了一些啮齿类动物。它会把自己弄得非常脏,说不定会遭遇一个比它大的危险的家伙。

火火站在一处悬崖上,发呆地看脚下的海水。我走过去,朝脚下看,立刻感到一阵眩晕。数丈之下,是不安分的海水,那里有一片褐红色的礁石,浪花在那里溅出雪白的泡沫,掀动一股股凉飕飕的风。火火的脚踝上贴着一朵白色的牛眼菊,我想起来,它是众神献给女性之神阿蒂米西的礼物。

"从来没有人为我做过那种事。"她没有看我,遗憾地说,抬起一只手,把海风吹乱的短发抚直。"哪怕我最后一个被人从船底下救出来,哪怕我没被救出来,但有人潜进海里,拼命地游到我身边来。"

我知道她说的是什么。我难过地叹了一口气。我在心里想,好吧。我把鞋子脱下来,然后是衣裳。我朝身后的灌木丛看了一眼,没有看她,离开悬崖,张开双臂,坠落进海里。

火火大笑着跑下悬崖,她在礁石边摔了一个跟头,血顺着她瘦削的胳膊流淌下来。她眼里噙满快乐的泪花,把大声咳嗽的我拽上礁石,从我嘴里掏出一团满是珊瑚虫尸首的紫菜,然后紧紧抱住我,怎么都止不住大笑。

当天晚上，我们在大鹏湾住下来。海边有很多渔民开的小客栈，它们非常温馨，你睡在透着阳光味道的床上，能在梦中听到海神们的争吵。还有，那里的红绕乳鸽是最有名的，那是一种注定了只能在世上存活32天的小东西，人们将它们杀死之后，用桂皮和大料腌制，然后下油锅炸酥，每家的厨师都有自己的烹饪秘诀，你在品尝它的美味的同时能够感慨生命苦短。

黄昏到来的时候，我去海边买琵琶虾和海胆。火火和嘚瑟在沙滩上玩。她俩吵了一架，大概我没看见的时候还动了手，但很快好了。我和卖鱼鲜的大嫂说了一会儿话。我们总是能认识很多人，那就是生活的代价，但你别指望会和他们走近，这就是为什么大家都感到孤独的原因。

我回头看远处沙滩上的火火和嘚瑟。火火在海边的一艘渔船上坐着，一动不动，嘚瑟不知去哪儿了，黄昏的金色海风吹着火火一个人。然后她跳下船，摔进海水里，爬起来攀上船，再往海水里跳，把自己变成一朵开心的浪花。

明天早上我会把火火和嘚瑟送回市里，然后我再上路。我想，用不着那么急，反贪局办公桌上堆满了有关"硕鼠"的卷宗，我的上司在那些卷宗中只能算一只小小的蚊蚋，甚至犯不着科级以上的办事员来对付，他们没有闲工夫来管我。高速经济会让所有的人都变得疯狂，要治愈这个疯狂得花掉两代人的代价吧。

海鲜很快做好了，又很快凉了，两个女孩在夜幕中的海滩上玩疯了，不肯回来。我坐在客栈门前的石凳上，看月光与大海交融成一片。黑暗中的棕榈树像一群在原地款款散步的美人儿，海声时远时近。

这个夜晚，我感慨万端。我在想，有的人还很年轻，却已经过完了他的一生，比如我。但有的人不一样，就像火火，她一直在努力挽回根本无法挽回的婚姻，她还在路上，还有无数的可能，不该那么早就结束掉一辈子；她应该试着放开邹大路，他什么错也没有，只是不能从头开始喜欢上女人，只是胆小，不敢出柜，承担他自己的生活。我在想，火火完全可以把自己当成一个刚出生的婴儿，她应该和邹大路一起来海边走走，他俩试着牵住彼此的手，从悬崖上跳下去，沉入海底，再浮出海面，然后微笑着松开彼此的手，开始他们各自的生活。

月亮很大很圆，摆出一副快要掉下来的样子。现在我明白了，没有什么梅林关，没有任何人能够告诉我们，生活它错在哪儿。我们唯一能做的事情，是别逼自己去做自己做不到的，别勉强自己。

2013年1月24日
于深圳梅林数叶轩

轨 道 八 号 线

那天晚上我没打算出去，我准备把泡了两天的牛仔裤洗了，看《甄嬛传》大结局，然后睡觉，第二天早上继续上班。收工之后，韦立马到模具车间来叫我，我的计划就被改变了。我们这一班是晚上七点钟收工，接班的人刚刚背着手大声唱完上岗歌。

"我们到处走走，你觉得怎么样。"韦立马站在那里，朝一滴挂在铣床上欲坠未坠的机油呲出口水，准确地把那滴机油射下来。他告诉我他叫了王良品和柴琳，我们四个人一起去。

韦立马是广西佬，是个少数族裔。他老吹嘘说他和刘三姐有亲戚关系，但他说不清自己到底是哪个民族的。"韦"这个姓是壮族人发明的，壮族人管牛叫"huai"，和他们念"韦"字的读音相同，所以韦立马老说自己既是牛也是马，属于力量与速度合二为一的那一类。"韦"在广西是大姓，壮族人姓韦的很多，但也有汉族、苗族和瑶族人姓这个姓，这样就没法验证韦立马到底是哪个民族的了。韦立马人很瘦，老是扛着背，他有一双炯炯有神的小眼睛，目光中总是充满了欲望的光芒，喜欢说"向生活挑战"之类励志的话。我从他那儿还学会了另一句话："让自己成为大家伙。"我很喜欢这句话，把这句话写在派工单上，贴在床头，当作自己的座右铭，这也是我佩服韦立马的原因之一。所以，当他呲出口水，把机油从铣床上准确无误地射下来的时候，我想那还用说，那就到处走走呗。我来深圳已经十个月了，还没来得及到处看看，这算怎么回事，人们希望我像蘑菇似的缩在龙华的某棵大树下别动，他们就是这么想的，对此我不予评价。

我坚持回"接吻楼"的住处换了一身干净衣裳，穿上新买的旅游鞋。那是一双阿迪达斯，白底带红镶边，虽然是在夜摊上买的水版，但是它非常帅。

我从"接吻楼"里出来的时候，他们三个人已经等在楼下等着了。韦立马穿着工装，没换衣裳，光脚趿着一双带绊的拖步凉鞋，他朝我的新旅游鞋吹了一声口哨，不怀好意地坏笑。我装作没看见。我希望在他面前显出成熟的样子，我不想被他看低。

柴琳的脸色白卡卡的，车间里的女工都这样，她穿了一件红黄相间的羽绒服，打扮得像一只彩虹鹦鹉，她把一绺疏黄的头发搅在手指上，不耐烦地看从面前走过的路人。柴琳长得不漂亮，但公平地说，腿是腿腰是腰，身材还不错。她是一个很好相处的四川女孩，据说跟厂里很多人睡过，我不知道韦立马为什么叫上她，但我认为这不是什么好主意。

王良品和韦立马站在一起，一只胳膊无聊地搭在韦立马肩头。他是江西佬，他网游玩得超一流，和韦立马好得穿一条裤子，我们私下里管他俩叫"二西组合"。我们还管王良品叫"王姑娘"，他皮肤白白的，人很秀气,长着一对又细又长的丹凤眼,大多数女工看到他漂亮的丹凤眼都会生气。韦立马很喜欢大家叫王良品"王姑娘",王良品有时候不生气,有时候会生气,生气的时候韦立马就眯缝着小眼睛朝王良品坏笑,王良品就不生气了。

"二西组合"已经满二十岁了,大概二十二三岁,相差不过一两岁。我刚满十八。柴琳稍大一点,离二十不远了。谁都知道,这种年龄最麻烦。

直说了吧,韦立马、王良品、柴琳和我,我们四个人有一个共同特点,就是我们都是模具车间里的倒霉蛋,我和柴琳进厂晚一点,韦立马和王良品出来五六年了,他俩资格老,在厂里认识不少人,但也没怎么样。我们大家都很努力,当然也有所区别,这个区别就是韦立马,他是我们当中唯一出过头的。韦立马是CNC[①]作业员,技术很棒,差一点就参加了街道工委组织的青工技术大赛,车间派去参加比赛的那个家伙比他差多了,但人家拿到了名次。他还参加过工厂组织的读书征文活动,王良品帮助他从网上找了一篇文章,他非常认真地抄了两个晚上,可惜王良品没看明白题目,把内容抄错了。要是他参加了青工技术大赛,或者抄对了文章,说不定就能出人头地,成为一个大人物。

"我们去哪儿?"我问他们。

---

① 数控。

韦立马和王良品互相看了一眼，我和柴琳看他俩，主要是看韦立马，出去走走是他提出来的，人也是他张罗的，主意该他拿。

"没想过，忘了想。"韦立马想了一会儿，不好意思地笑了。

"需要想吗？"柴琳问，她盯着韦立马看。

"当然要想，这是个问题，对吧？"韦立马说，他眯着小眼睛认真在朝一旁看，好像在看那个问题，"你们谁坐过轨道八号线？"

我们都没有坐过轨道八号线。

"你们瞧，我说什么了？"韦立马高兴地说，"我们去看看轨道八号线吧，它一定不错。"

于是我们决定，今晚就去看八号线。龙华人太多，我们还是想去关内走走，呼吸一下那里的新鲜空气，这就是我们今天晚上的打算，一个看起来很不错的计划。

我们往城中村的街道上走，侧着身子，不想让两边的墙壁把自己弄脏。我们上了城中村街道，沿着街道往大街上走，沿路都是上下班的工人，那些人有的老一点，有三十多岁了，但大多数是青工，有人在街边小食店外排队等鱿鱼小丸子，还有人等着打奶茶。韦立马遇到两个熟人，他和他们打招呼，还和其中一个很正式地握了手。王良品也打过一次招呼，但没握手。我和柴琳一个熟人也没遇到。我本来想和柴琳说点什么，她走在我身边，好像在考虑事情，但我觉得她是在装，主要目的是吸引韦立马的注意。我觉得要是她不主动和我说话，我还是什么也不说的好。我不是她的菜，不至于傻到连这个都不知道。

"你可能穿少了，晚上会冷的。"韦立马和第四个熟人打招呼的时候，我还是没忍住，对柴琳说。我的意思本来不是这个，我是想说她穿的那件羽绒服有点显大，把胸脯遮住了，她要是穿得单薄一点，就能显出身材了，我的意思是这个。

"别泡她马子，你这只土鳖。"韦立马说，"你会把我们的计划破坏掉。"

"你让他泡。他一点都不土鳖，只是瘦了点。"柴琳反唇相讥，她向我靠近一步，拉了一下我的胳膊。她在激怒韦立马。"给我说说你的事。你有父母吧？"

"有。"我说，"你不会觉得我是打松果里掰出来的吧？"

王良品吃吃地笑。韦立马跟着笑。柴琳也笑了。

"我也觉得你有，但你看上去营养不良。"她的话并没有什么恶意，"你家是不是超生户，有很多孩子，他们找不到东西来喂你？"

"我家里承包了一整座山，富得跟王石一样。"我撒谎，但并没有脸红，"我家有吃不完的野味。"这句话倒不全是撒谎，有时候打到一只野鸡或者野兔，如果个头小，卖不出去，我们也会自己吃掉。

"是吃多了农药掉在地上的麻雀吧？"王良品说。

"不光是麻雀，还有别的，它们全都是大家伙，你完全想不到它们有多大。"我不太喜欢王良品，如果不是韦立马非要叫上他，我一辈子也不会和长着女孩子的脸的男人一起走，那会让我不舒服。"我妈是山村教师，国家发给她一大笔钱。我爸爸是转业兵，他在军队里挣了不少。"

"你爸爸应该到城里来当保安，这样他就能监视你，在你泡马子的时候把你脑袋敲碎。"王良品眯缝着丹凤眼说，"当过兵的人就喜欢炫耀，告诉你他们没白吃国家的煮鸡蛋。"

我看出韦立马很欣赏王良品的说法，他朝王良品露出体贴的微笑，我就没有接王良品的话。

我们出了城中村，沿着大街往前走。过去这里是一片水田，间隔着成片的蚝田，一些黄肚子绿背的木叶鸟从榕树林上飞过。我们踩着蚝和雏鸟的尸体走过去，当然，我们并没有直接踩在它们身上，而是隔着好几尺厚的水泥路面。客家围屋早已拆掉，村庄变成了大片工厂，住宅区和商业区像食品包装纸似的把巨型工厂包裹住，但你仔细闻，还是能闻到马路下面泛起的蛤蜊的腥臭味。

"乔玉考到驾照了。"柴琳说。乔玉是我们车间的线切割作业员,是柴琳的上一道工序,柴琳是放电作业员,她俩关系不错。

"有屁用。她还不如把钱省下来,寄回家去帮助她家盖房子。"韦立马说。

"说不定会有台干看上她,这种事情可能会发生。"柴琳替她的小姐妹说话。

"总有一天,我会让他们吃我的屎。"韦立马说。我们都明白他指的是谁。

我们在龙华站上了龙华线地铁。我们都找到了座位。韦立马和王良品离开我和柴琳,坐到车厢另一头的角落里,两个人小声说着什么,王良品捂着嘴哧哧地笑。他俩对面的两个女孩子朝唇红齿白的王良品看了一眼,开始大声说话,嗲嗲地笑,但王良品没看她们,挥手把韦立马挂在他肩膀上摸他脸蛋的手打开。看得出来他俩很愉快,我想这没什么。

柴琳满不在乎地把耳机塞上听音乐,但我知道她并不这么想。她喜欢韦立马。我们隔壁零部件车间的一个女孩子怀孕了,扛了三个月,死也不肯说是谁干了她,既然这样就没人理她的茬,后来还是韦立马管了,他没干那件事,但他到处张罗,找人帮助那个女孩子把孩子打掉了。柴琳对人说,韦立马是个热心快肠的人,她想上韦立马,她会和韦立马认真地干一次,也许能干成一家人,但韦立马没让她上成,她的计划破灭了。我觉得韦立马没让她上有道理，反正他也没打算和她好，这样会发生一些难以预料的事情，让大家都不高兴。

我知道柴琳对我不感兴趣，我们车间的女工没人愿意跟我睡，别的车间就更不用说了。我又不掌握加班的排名，我又不是高级作业员和工程师，她们干吗要跟我好？我承认我曾经想过和柴琳的事，有那么一两次，不怎么强烈。我还想过车间里的大部分未婚女工。我想过最多的是周思思，其次是胡琴，我想她俩时候的感觉非常强烈，每次都得找地方把自己解决掉，才能接下去干别的事情。但我还是不会像别的男作业员那样，找各种机会和女工说猥亵的段子，以便在她们发笑的时候借机捏一把她们的某个地方。我父亲告诉我一些简单的道理，他说："孩子，你要太想女人了就埋头干活。"他是个很有经验的看林人，我知道他的话是对的。

"你放心，他们不会在路上把我俩甩掉。"我不想柴琳情绪低落，安慰她说。

柴琳转过头来看我，眼神在车厢灯的照耀下闪烁着奇怪的光芒，就像大雨结束后森林中出现的第一只旱貂的目光。"猴子都从山里跑到城市里来了，"她说，"情况就是这样。"

"你说什么？"

"难道我说的不是事实？我说的就是事实。"她说，"你干过什么大事情没有？"

"我不知道我想干什么。"我老实承认。这也是父亲教我的,他告诉我不要羞于说出自己做不到的事情。"我去过很多地方,但我不知道我想干什么,总是干两天就离开了,连工钱都没结。"我说,"我就是不想待在山里,但我不确定我想待在什么地方,想干什么。"

"你没听懂我的话,小男孩儿,"柴琳用一副经验丰富的口气说,"我是指别人听说了,会说,嚯,这小子。我指的是这样的事情。"

"没有。"我沮丧地说,并且因为这个下意识地想到父亲,"我还没来得及干,还没找到,但我会干的。"

"比如说?"她显得很有耐心。

"我想把朱工程师揍一顿。"我想了想说。朱工程师负责车间最后一道工序——激光加工,他总在挑我的毛病,我被他欺负得够呛,现在还在继续,我早想下他的手了,但我担心丢掉工作。再说朱工程师一直在积极准备升迁,他在整本整本的背流水线程序教材,还在练哑铃。"如果我准备充分一点,也许会把他打倒,把他的脑袋踢爆。"

"你必须快一点,再过几天你就不会这么想了。"她漫不经心地说,目光移向韦立马和王良品那边,"你别想掌握什么,它们就像你身边的女孩子,随时都可能改变。"

"你是指你吧?"我不喜欢人家教训我,更不喜欢人家叫我小男孩儿。在我家那座大山里,无论是黄毛麂子还是个头更大些的棕熊,它们都不会这么叫我。

"你说对了,我才不想随便让人插在一个地方动弹不了呢。"她对我的反击满不在乎。

"那又怎么样?"我不想让她瞧不起,觉得我真的是个雏子,"你怎么判断人们喜不喜欢你?是看他们冲你笑了没有,还是他们没打算伤害你?"

"不需要想那么多,"她有些不耐烦,"这只能说明你还是个没开苞的小男孩。你没开过苞吧?"

她说得对,我不是那种受女人青睐的人,无论我怎么表现都差着一大截,但她不该揭我的短。我猛踢掉在脚前的一张广告单,没把它怎么样,我本来想再踢一下,把那张广告单踢起来,但又觉得这样会伤害到新旅游鞋,就放弃了。

韦立马不知说了什么笑话,王良品笑得往座椅下滑,他报复性地在韦立马的肋骨上捅了一下。柴琳把脸扭到另一边,不满地哼了一声。我同情地看了她一眼,她也不容易。

车在红山站停下,又开走了。一对年轻男女在我们面前站了一会,挤到韦立马他们那边去了。那对年轻男女穿得很光鲜,女孩手里拿着爱疯四,白色耳机一边一个套在自己和男孩耳朵眼里,这样他俩要去什么地方,就必须搂在一起向前移动,看上去就像从哪家研究所逃出来的连体人。

"你猜他们会去什么地方?"我不想生谁的气。我问柴琳。

"他们自己才知道。有什么意思?"她不耐烦地说,"也许他们会去什么地方大吃一顿,也许他们会在野地里痛痛快快干一场,那个女的干完那个男的之后会把他杀掉,尸体卸成几块丢进下水道,然后到他家里把他的户头改成她的名字,关你什么事?"

那以后她不再和我说话。我坐在那里,把旅游鞋藏在别人踩不到的地方,搅着两只手,等地铁靠站,看人上上下下,再驶走。到会展中心站的时候,我们下了车,柴琳在前,我跟在后面,韦立马和王良品牵着手。往路面上走的时候,韦立马跳起来摸过道顶上的葵花灯,他离灯老远,差不多有半个足球场,但王良品很欣赏地看他,然后我们上到路面。

"呜哇!"韦立马叫了起来。我们也跟着叫。我们不可能不叫。关内和龙华完全不一样,马路又直又宽,两边的高楼大厦气派得要命,让人想到台湾大老板到车间视察时,簇拥在他身边的台干团队。会展中心是个钢结构的大家伙,它占地二十多万平方米,高六十米,从这一头到另一头少说也有一华里路,因为灯光的原因,高大的幕玻墙面成了一片明亮的天空,只怪我们太矮,看不见它的玻璃穹顶,那里的灯光把天空都照亮了。

韦立马兴奋起来，跑到花岗岩铺成的空地上，对着天空拍巴掌，用那种鼓掌的姿势拍。马路上车如流星，没有人看见他，但他一点也不在意，对着繁星闪烁的天空扬着脑袋，拍得很认真。

"像个小丑。"柴琳不屑地说。

"你根本不知道他是谁。"王良品反驳她。我觉得他反驳得对，韦立马根本不是小丑，谁能像他那样充满活力？而且，要是王良品和柴琳换一身衣裳，他会比她更惹男人注意，这样就会有很多人对他拍巴掌了。

"嘿。"我们穿过人行道往前走，看到了那辆白底红字牌照的轿车。车停在会展中心北门前，看上去不一般，是个高贵的家伙，但我们谁也叫不出它的名字。一个年轻姑娘坐在驾驶室里打电话，年纪不会比我们大多少，她的头发像染了血，披萝似的垂在肩膀上，我们从车前过的时候，她漫不经心地看了我们一眼，没有停下讲电话。

"我希望她看到我了，她认出我了。"韦立马说。

"但这是不可能的。"王良品笑眯眯地说。

"我就是这么认为的。"韦立马说。

"你可以这么做梦。"柴琳说。

"今天谁让人讨厌，谁请大家喝酒。"韦立马看了柴琳一眼，然后不怀好意地笑。我和王良品跟着笑，哈哈哈。韦立马是干笑，一下一下，声音比我俩大。王良品想压住他,但他的共鸣箱没有韦立马大,就放弃了。

"你们觉得,要是我回去和她搭讪,会怎么样?"韦立马说。因为他在那样笑过之后,那辆停在那里的车并没有开走,也没有表示它听到了与众不同笑声的意思。他在那样说的时候显得他很开心,好像那辆车是为他停在那里的,而且他会做出一件让世人大吃一惊的事情来似的。

这回连柴琳都笑了。王良品笑得尤其凶,眼泪都快出来了。

"我真会那么干。"韦立马认真地说。

"那还用说。"王良品怂恿说,他笑得快岔了气。

"你们以为我不敢?"韦立马不笑了,回头朝那辆车看了一眼,"我说了,难道你们不明白我在说什么?"

"你说你要回去和她搭讪,那又怎么样?"柴琳不满意地瞥了韦立马一眼。

"我们已经看到她了,又不是没看到。"我看出事情的危险性。我不想惹事,再说,会展馆并不是我们今晚的目的,要是八号线收班了,我们就白来了一趟。我们总不能坐着整夜都不停的风去看八号线吧?

"好吧,你说得对,我犯不着和她一般见识。"韦立马放弃了。这种情况并不多见。"我们现在干吗?我可不想一事无成地回龙华。"

韦立马忘了我们来干什么,我觉得事情不能怪他,有时候人会身不由己，觉得什么都不对劲，好像我们不该出现在这里，不该出现在任何地方，如果恰好这个时候没有上床睡觉，情况就会很麻烦。我朝两边看了看，我闻到来自空气中的阴霾味道，稍远处，某个公园里有几只鸟在打架。但我想不出我们能干什么。

"我们什么也干不了。"王良品说。

"我想站到大街上去撒一泡尿。"韦立马说。

王良品和柴琳站在那儿没说话，也许他俩对韦立马很快改变的主意没有反应过来。我能理解这种事，在厂里你不过是流水线上的一个部件，一个不会进入市场的零件，没有人会注意你。韦立马是个与众不同的年轻人，至少他希望人们这么看待他。

"你来不及撒完那泡尿，那些车就会撞上你。"王良品朝大街的车流看了看，劝韦立马，"你并不是大人物，目前还不是，它们不会为你停下来。"

"它们会。"韦立马说。

"它们不会。"王良品说。

"你能不能不跟我作对？你今天是怎么了？"韦立马竖起一只手指警告王良品说。

"那好，我让你看看会不会。"王良品对韦立马竖起的那只手指有些生气。为了表示他在生气，他朝马路上走去，一边拉开牛仔裤的拉链，下马路牙子的时候他踩空了，差点摔跟头。

"你他妈的给我站住，它们才不管你有什么毛病！"韦立马冲过去堵住王良品。他也生气了。我对韦立马的做法非常理解，他在意他对他的影响力，主要是我们不应该把过多的精力花在八号线之外，我认为他是对的。

"以前你根本不会这样，你连想都不会这么想。"王良品有点难过，他还尴尬，手在裤裆上没拿开，看上去就像断了电，挂在那里似的。

"现在不一样，"韦立马严肃地说，"我没告诉你，昨天我妹妹来电话，她要我再给她寄五百块钱去。我他妈不是个不负责的人。"

他俩退回人行道上，谁也没说话，也不搭理对方，那个场面显得很无聊。我站在那里，看看这个，再看看那个，没说话。接下来事情有点不对劲，大家都傻站在那儿，没有人提出去什么地方。几只鸟儿从车灯晃荡的马路上俯冲过去，看不清是不是燕子，但它们别想在这儿找到丰富的昆虫，这是肯定的。

柴琳去花坛那边转了一圈，回来了。

"你们完了没有？"她问。

"说话小心点。"韦立马恶狠狠地回她。

"你俩是一路货色，一对浑蛋，这又不是什么秘密。"柴琳一点也不害怕，盯着韦立马说。

"你不会是吃醋吧？"韦立马邪气地说，然后回头看我，"你觉得你俩会有什么进展？"再朝王良品挤了一下眼睛,"你觉得他俩会有什么进展?"

"屁进展。"我说。

"但还是有可能。"王良品笑了,他缓了过来。

"干吗接他的话?"柴琳恼羞成怒地对我说,"你还不如回家去帮你老汉偷木头,那样你就能凑足娶媳妇的钱了,但是你要小心别娶表妹,生下来的儿子没屁眼。"

事情很快解决了,韦立马很快把王良品哄好了,他为自己的能力骄傲,显得很高兴。他提出我们凑一下身上的钱,找个地方去吃烧烤。我就知道他会这样,他比我们聪明得多。我钱包里带了二百多块钱,但是我不打算请谁吃烧烤,如果有人愿意请,我倒是可以考虑买几瓶啤酒,不会超过六瓶。

"我们会耽误时间,去不成八号线了。"我说。

"那又怎么样。"王良品说。他过来拉我,让我把钱包掏出来。我推开他。他尖叫了一声,像一只被踩了尾巴的猫,这个伪娘养的。

韦立马过来了。"他把你怎么了?"他问王良品,又问我,"你把他怎么了?我很想知道这个,比吃一顿烧烤还想。"他很快看出王良品什么事也没有,他很完整地站在那里,不过是被夜风吹乱了头发,而且叫了一声。韦立马朝地上吐了一口唾沫,人显得有些困惑,转着身子到处看,车灯不断打在他身上,又不断晃开,他在看远处的喜来登酒店和财富大厦,那两个庞然大物像长了很多眼睛的怪物,他很想知道它们的嘴在哪儿。

"很奇怪,有些东西它们和我无关,它们没有一样是我的,但我一点也不难受。你们觉得我怎么了,是不是有毛病?"他回过头来问我们,但我们回答不上来。

"你们走不走,还去不去八号线?"柴琳不耐烦地问。我换了一只脚站,表示支持她的看法。

"我没打算和谁作对。"韦立马没有回答柴琳的话,还在那儿转着圈四下看,看上去他越来越困惑,但一时半会儿找不到合适的目标。"好吧,"他说,"让我看看我能干些什么。"

"你什么也干不了,"王良品吃吃笑着说,"你可以试试打一发手枪,但是别把马路弄脏了,警察会来找你的麻烦。"

我觉得这就是王良品的不对了,韦立马对他很好,他对他太好了,当然,王良品对他也不错,他们一直同甘共苦,给人牢不可破的印象,这种友谊不应该被破坏。

"我要穿旅游鞋出来就好了,这样我就能借着夜色当个蜘蛛人,爬到会展中心上面去朝你们挥手。"韦立马还在转着圈寻找目标,然后他叫我把旅游鞋脱下来给他穿。我跑开了,远远地站着看他。他朝广场上的一根灯柱走去,那里有很多这样的家伙。"但是我可以试一试这个。"他兴奋地说,伸出手拍了拍灯柱,同时试了试它的粗细。

"没用。"王良品说，他拿不定主意韦立马想拿那根灯柱干什么，所以无法判断他是不是对的。

"什么才有用？"韦立马不满意地回头看了王良品一眼，同时也看了我和柴琳一眼，"我们根本不应该在会展中心站下，知道吗，这里不通八号线。我们应该直接去市民中心，那里的霓虹灯比这里多，会好不少。"

我可不这么想，城市里的大多数霓虹灯都不好看，它们太张扬了，急不可耐，你甚至能听见它们的喘息声，就像长满了疥癣的某种大型动物，让人心里发慌。它们真该学学野外的星空，那是它们的祖宗，看看它们怎么做才能又明亮又安静。它们真该学学它们的祖宗。

韦立马把凉拖鞋脱掉，光脚朝灯柱上爬去。节能灯冷漠地照着他乱糟糟的头顶，他两次都滑下来了，没成功。王良品上去试了一下，也不行。我还站在远处，没有告诉他俩我可以，在山里不管多高的树我都能爬上去，但我没告诉他俩，我希望我们尽快离开那里。

"你会把事情搞砸的，你他妈就会这样。"韦立马埋怨王良品。

"你们能不能干点正经事？"柴琳终于坚持不下去了。

"什么是正经事？"韦立马问，一边往手心里吐唾沫，他打算再试一次。

柴琳咬着嘴唇想，没想出来。我觉得她是对的，我们应该往积极的一面考虑，比如我们可以跳街舞，这里很宽敞，就算全厂的青工都来这儿跳舞也能装下。但是我们几个人都不会那种奇怪的身体表达方式，就算我们站在更宽敞的地方也没用。我心里清楚，这不是一个好主意，可好主意在哪儿？起码这个时候，我们谁都没想起来。

"我困了，我要回去睡觉。你们谁跟我回去？"柴琳放弃了，问我们。

"我和韦立马不回去，你让李新跟你回去，他可以跟你睡，你们可以一觉睡到天亮。"王良品嘻嘻哈哈地说。

"跟你妈睡。"柴琳骂道。

我没接话，担心地朝韦立马看了一眼。他没有什么表示，还在认真地研究灯柱子，做最后一次冲刺的准备。

"你们真的不跟我走？"柴琳看了我一眼。

"没门儿。"王良品说。

"没门儿。"我跟着王良品说。

"你们不会让我一个人回去吧，这么远的路。"柴琳有些不高兴了。但她还是走了，头也没回，很快穿过人行道，消失在马路对面。

"你俩不该逼她。"韦立马回过神来，朝地上吐了一口唾沫，看上去他打算放弃最后一次冲刺了，显得有些烦躁。

"不怪我，她自己要走。"我说。

"逼了又怎么样？"王良品说，"又不是我叫她来的。"

"我们总是两个人，老这样有什么意思。"韦立马解释说。

"你害怕了，是不是？你的意思是，你想找机会给她一枪，是不是，是不是？"王良品涨红了脸，朝韦立马冲过去，韦立马不该说到他的痛处，他俩总在一起，这是个痛处。

"我没那么说。你还不知道我？"韦立马朝王良品讨好地笑，往后退去，"我还不知道我自己？"

"你知道什么，你什么也不知道。"王良品继续往前逼近。

韦立马皱了皱眉头，停下来，伸出一只手支住王良品的胸脯，把他支开。他俩吵了起来。我站在一旁，觉得没意思极了。也许王良品太小题大做，也许他是对的，他俩谁都不会碰姑娘，但不等于不碰别人。

我站了一会儿，扭头看远处的那些高档住宅，我知道那里会有一些高贵的轿车无声无息地开进开出，也有人走进走出，那里的保安都穿着整齐的警服，使用双语礼貌地和业主说话。我真希望我也能走进去，坐着宽阔明亮的电梯，进入其中一家，就跟我随便走进大山里一条溪涧、山林中一片金黄色的草地一样，没有陌生感。

"你们别吵了。"我说。

"关你屁事，你给我闭嘴！"韦立马回头骂道。

"你和柴琳怎么没搞上？你也可以去搞别人，"王良品嘲笑说，朝韦立马看了一眼，再看我，"你得快一点，不然她们全都被别人搞到手了。"

他俩完全用不着这样。他们各分担一半出租房的租金，商量着买什么款式的衣裳，从来不一个人去食堂打饭。我没有这样可歌可泣的友谊，但我打算和他们说说我对女孩子的感觉。我想了半天，什么也没想起来。到目前为止，我还没有和谁搞上，我只和一个女孩子干过那种事，准确地说，那不算什么，但我还是决定把它说出来，也许这样能让他们振作起来，放弃争吵。

"我去材料仓库领材料，她也在那儿。"我开始讲那个故事，根本不管他们会不会笑话，"她在哭，很伤心，一边哭一边从我身边走过去，手里的一只接头管掉在地上。我弯腰帮她捡起来，还给她。她抹了一下脸，接过去，冲我笑了一下。我继续往前走，她又哭了，从后面抱住我。我不知道她要干什么，我想朱工程师肯定会骂我。我把她捏在手里的材料拿起来，看了看，丢在我们的脚下，替她抹掉脸上的泪水。她哭得更厉害了。她把我带到材料架后面，把我的手从她脸上拿开，按在她的肩膀上，按好，帮助我把她顶在肮脏的墙根里，我照她教我的方法做了。"

"完了？"王良品戏谑地看着我。

"完了。"我说。那个女孩子很快就走了，其实这个故事没有什么可讲的。只是我没有告诉他们，那个女孩子的眼泪让我坚定下来，那天晚上我在床上辗转反侧，想了很长时间，我发誓要好好干一场，不管今后换不换工厂，换什么样的工作，我都会坚持住。也许很多年之后，我能当上一名铣削工程师，那样我就能拿到三千或者更多的底薪了，我会买一大包治疗风湿病的药，带着妻子回到湘西老家，去看望年迈的父母，让我的孩子们在大山里奔跑，但我就是想生活在城市里。

总有一天，一个单纯的女孩子会走到我面前，告诉我，她愿意为我传宗接代，"你站在那儿干什么，你来泡我的马子吧。"她看着我的眼睛认真地说。这就是我的想法。

有一阵子他俩没有说话，我们能听见大街上的车辆无休止通过的声音。韦立马最先反应过来。"不行，我还得试试，但这次我要换个方法，"他四处看，像个想立战功的侦察兵，"你们看到那个家伙没有。"

我们看到了，在花坛旁边，那里有个电源适配箱，是个漆成香槟色的漂亮金属柜子。韦立马朝它走过去。我俩也跟过去。韦立马围着箱子转了一圈，试图把它打开,但它上了锁,没法打开。

"快点,机会不多了。"王良品催促说。他说得对,已经快十一点了,这个时候只有一部分人还没睡,正在找乐子,但他们和我们不是一类人。十一点半地铁就会收班,我们只能走回龙华,明天早上我们必须走进车间,去成为他妈的流水线上的一道程序。

"然后呢?"韦立马困惑地看王良品。

"问你自己,你说换个方法。"王良品说。

"我不知道,"韦立马目光迷离,回头求助地朝散发着璀璨灯光的会展馆看了一眼,"我什么方法也没想出来。"

"你什么也干不了。"王良品失望地摇头。

"没有人知道我们来过这儿,"韦立马的脸上有一种痛苦的神色,"没有人知道我们曾经有过这样一个晚上。这个晚上是属于我们的。"

"那又怎么样,我说了,你什么也干不成。"王良品准备走开了,他彻底失望了。

"别走。"韦立马沙哑着嗓子说。韦立马把手举起来,他手里有一柄三角刮刀,它像一条勃起的蛇,在黑暗中咝咝地盯着人,我和王良品吓得往后退了一步。

"你不该把工具带出车间,你会被开除。"我害怕地说。

"我他妈的本来想杀了谁,随便谁都行,一条狗也行,你说这算怎么一回事?"韦立马说,四处寻找着,看看有没有适合他下手的对象。

"你会把事情搞砸的,你他妈就会这样。"王良品吃吃地笑。

韦立马不满地朝我俩瞥了一眼。"我会把这家伙撬开,你们觉得人们会不会知道是我干的?"他真那么干了,三角刮刀在金属箱子的门沿上撬出刺耳的声音。

我看见有三个男人,他们穿着三件套的西装,从会展中心里出来,走下高高的台阶。他们朝这边看了一眼,站下说什么。

"有人看我们。"我把这个情况告诉了韦立马。

"他们像三个干了三十年的公务员,"韦立马停下来,回头不屑地朝夜风中吐了一口唾沫,"我他妈就杀他们,你们认为怎么样?"他皱着眉头,嘴唇有些失血,埋下身子继续撬箱子。

我知道他现在怎么想。他只是嘴里说说,其实心里在害怕。他急于干点什么事,证明他来过这里。但他不知道该怎么干,怎么才能干好,他为这个害羞。我感到非常害怕,我们不应该这样,这样不好。

我上去推了一把发呆的王良品。"我们打一架吧,"我说,又推了一把他,"谁打谁都行,反正不能就这么算了。"他真是好推,我能感觉到他的身体在发抖,我能感觉到在我俩的身后,韦立马也在发抖,而且他后背冒着发过酵的热汗。

那三个男人中有一个走下台阶,是个大背头,他朝这边走过来,另两个站在台阶上没动,朝这边看。我劝韦立马停下来。我说他们来了。他不停。他试图不朝那边看,咬着牙继续撬箱子。

"你在干什么?"大背头男人走近了,问道。他穿着深色格子休闲西装,衣襟敞着,皮鞋在车灯下发亮。

我和王良品没说话。我扭头看散落在远处的那双凉拖鞋。韦立马说了。

"没看见我干什么吗?蠢货。"他停下撬箱子,站直身子对大背头男人说。

大背头男人奇怪地笑了笑,朝韦立马走过去。我听见有一阵夜风从会展馆那边过来了。我听见韦立马喘着粗气,喉咙里呜咽了一声。我看见三角刮刀从他手中松脱开,掉进花坛里。韦立马退后了两步,大背头男人在离他不远的地方停下,没碰他。

"别碰任何东西,离开这儿。三分钟以后我会回来,你们要还在这儿,我会把你们踢进深圳河里。"

大背头男人说完转身走掉,朝他的两个伙伴走去,敞开的西装像野鸽子的翅膀吧嗒吧嗒拍着他的两胯。他们消失掉。韦立马的脸涨得通红,他奇怪地朝电源适配箱看了一眼,把手指抻开,又颤抖着捏紧。王良品站在一边,难过地看着韦立马,不相信地摇头。我走过去,在花坛里摸索了一会儿，找到那把刮刀，还给韦立马。

"别惹我生气。你们两个都是。我会把你俩揍得吐出尿脖来。"韦立马无辜地捏着刮刀，恶狠狠地对我们说。他用那种标准的手法捏着刮刀。

"你的确有这个本事，"王良品难过地说，他脸色苍白，表情就像一个受骗上当的少女，"我算见识到你的本事了。"

我能肯定王良品的话深深刺激了韦立马，他真不该用那样的表情。韦立马盯着王良品看，王良品也盯着他看，但这不是好时候。我在那个时候看见了柴琳，她在马路对面，在那儿站了一会儿，朝我们看，然后等绿灯亮起来的时候，她朝我们这边走来。我觉得有一种危险在逼近，我不认为那是一件什么好事。

他俩也看见了她。他俩朝她那个方向看了一眼，继续盯着对方。王良品意味深长地笑。韦立马的脸色非常难看。

"有本事你上她。她一定希望你上她。"

"别逼我，我干得出来。"

"你当然干得出来。你心里很清楚，你什么都干得出来。"

"我会杀了她，你信不信？"

韦立马脸上露出愤怒的神情。他太在意他了，以至于找不到更好的办法来表达他的感情。但谁又不是这样？我们都这样，但我知道事情不止如此，韦立马被什么东西困惑住了，他想找到一个答案，看上去他找不到那个答案，十分苦恼。

柴琳过了马路，慢吞吞往这边走来，故意不看我们的方向，好像她是在散步，随便走走。她知道我们在这儿，她看得清清楚楚，她知道自己会偶然和我们相遇。

"你会毁了别人的生活，也会毁了自己。"我说。

"你别管他，让他去。"王良品说。他失望地在马路牙子上坐下来，他站得太久了，站累了。

"我不在乎。你当我有过生活？那不过是下三烂的生活。"韦立马痛苦地说。他就像蚂蟥嗅到了血腥味，完全被激怒了。

到了这个时候事情已经控制不住了，我们谁都无法阻止另外的人，也不能阻止自己，我们根本没有什么看法，只是顺着惯性往前走罢了。这让我想起有一次，父亲杀死了一头年轻的棕熊，他俩在一条小溪流旁猝然相遇，那头棕熊本来已经下到溪流里，冰冷的溪水打湿了它四条结实的腿，它突然回头向父亲冲来，于是父亲开了枪。他整个下午都坐在棕熊身边，我找到他的时候，他的脸上充满了忧伤。

"它不该出现在这儿，"他困惑地摇着头，"我也不该出现在这儿。"

接下去的事情我不是记得很清楚，我只记得柴琳惊骇地看着绝望的韦立马,又看了一眼她腹部上露出的泛着哑光的三角刮刀把手,它被会展中心的灯光映照成蓝色,像一个大号的时尚挂饰,其他的一些东西都被红黄两色的羽绒服掩挡住了。然后她就倒下了。

穿深色格子西装的男人并没有像许诺的那样回到这里,现场的情况得靠我们自己处理。王良品哭喊着打了一通电话,他和韦立马手忙脚乱地把柴琳抬到附近的医院去。基本上是王良品一个人背着柴琳,韦立马像被人抽去了脑子,完全走不动路,手里只拿着柴琳的一只鞋子。如果抓紧时间,也许医生能把柴琳救活。亏了王良品,天知道他那么秀气的一个人,怎么把一大团苔藓似的柴琳背走的。

我留下来等警察,保护现场,不让人破坏掉那里留下的痕迹。我腿有些发软,只能在花坛上坐下来。我朝一旁看了看,那摊很难看的血离我只有几尺远,路灯下看不出是血,就像某只流浪狗随便在那儿撒了一泡尿。我的脚上也溅了几滴血,它们把新旅游鞋弄脏了。

我在想离开湘西大山的时候,我那个在海岛上当了几年守岛兵的老子给我说过的一句话。他说儿子,别以为生活会在很多地方出现,那只是人们的一个假设。现在我知道,他比我有经验得多,为什么却回到大山里了,他那么做有多么的正确。生活的确没有那么多,它总是在一个地方出现,那个地方你千万别走错了,不然你再也回不到生活中。正因为这样，我心里始终保持着大山的形象，虽然它们已经支离破碎，但我不想把它们彻底忘掉。我也不想屈从父亲和他的经验，我相信，总有一天我会出人头地，成为一个了不起的人物，到那个时候，眼下的这一切都算不上什么。只是我会一直记住，人们说，风在夜里比白天更猛烈，这句话不是没有道理。夜里所有的孤独都会出门，它们不会待在家里。

在等待警察到来的时候，我胡乱想着上面那些事情，就算这样，我还是觉得无聊。我起身礼貌地拦住一个路过的中年人，问他八号线在什么地方。他奇怪地看了看我，让我的心跳骤然加速。

"年轻人，八号线不在这儿，而且你暂时在任何地方都找不到它。"中年人朝身后呼啸驶来的警车看了一眼，然后对我说，"它还在规划图上，明年才会动工。"

2013年1月31日
于梅林数叶轩

想在欢乐海岸开派对的姑娘有多少

我被放出来那天,侯夕照来梅林看守所接我。那是一个晴朗的日子,一个好日子,我能肯定那天深圳的PM2.5指数没有超标,但我没问侯夕照。

"塔季雅娜在哪儿?"我伸长脖子到处看,希望能在他那辆破路虎旁或者别的什么地方看见一个妙不可言的人儿,她像小肉蛋似的飞奔过来,准确无误地射中我,给我来一个深深的熊抱,以抚慰我受到创伤的破碎的心。

"干吗皱着眉头?是他们把日子算错了,多关了你一天,还是你打算和我见上一面就扭头回监舍去继续反省?"侯夕照开心地说,眉毛像小鸟翅膀似的快乐地伸展着,"你在里面喂虱子的三个月,这座城市没有发生任何需要你操心的大事,我们应该为这个庆祝一下。"

"我问塔季雅娜,"我说,"难道你没告诉她,我今天获得新生?"

"还能怎么样,战争是上世纪的事,你总不能让她一直守寡下去吧?何况还是饱受战争戕害的乌克兰姑娘。"他收束起小鸟翅膀,表情沉重下来,就像他的一只手指头死掉了,但我保证他心里一定在幸灾乐祸。

这意味着我被抛弃了,被心爱的人儿塔季雅娜,她熬不下去了,或者被别的什么人搞到了手。她从遥远的切尔诺贝利来,在一家设计公司实习,是我进去之前正在追的女人,差不多追到手了,只需要最后一击,她就会全面崩溃，现在一切都前功尽弃。

"系上安全带，"侯夕照把棒球帽甩在我身上，再重新戴上，命令似的冲我大声喊道，"我知道一个地方，那里有最好的啤酒，还有最好的姑娘，我们去乐上一阵子。"

还有什么说的？他太了解我，要说我在看守所里还惦记着什么，就是来一箱冰镇啤酒，再来一个好姑娘。我是指，如果不是美丽的塔季雅娜，那就只能换成别人了。

我和侯夕照是搭档。不是那种严格的搭档。他是一个导演，拍了三个电影，这花去了他十年时间和全部的积蓄，当然，赞助商的钱花得更多。在分级制颁布之前，这三部片子没有可能拿到电影局发行证。就是说，电影不能公映，他赔进去了，血本无归。我真是佩服他的勇气，我心眼儿小，连一次都赔不起，要是那样我非杀掉谁不可。

我从电影学院毕业后，始终没能找到一份正经工作。我是学戏文的，写剧本真是要了我的命。这个世界上最荒唐的职业就是编剧，它本来是一桩害人的职业，现在却成了一桩自杀的职业。我说这个，所有干过这行的蠢货都会同意。以后我改行做了制片，就是那种到处找投资的经理人——政府文化基金扶植项目、因为经济危机收缩投资回国闲待着的商人的口袋、菜鸟级文化投资商或者煤老板的某种贪念，它们全都是我的目标。我就像疲于奔命的后羿，拽着弓箭到处射太阳，满世界追撵虎豹熊貔，脏兮兮的绑腿拖了一地。但这一次，我把自己坑进去了。我还算好，只执行了三个月的刑拘，被坑的主要是两个掏腰包的中年妇女，她们很早就来深圳闯天下，那个时候她们还是如花似玉的小姑娘。她们香汗滴答地淘金，让多少男人泪水婆娑地流过泪啊，等到以色易财的人生大业完成，我这个浑蛋却把她们的百宝箱给沉进了该死的白沙江①。怪我急了眼，哄她们说，那部拍到中途断掉资金链的电影能卖十个亿，结果一分钱也没卖出，全砸进去了。

路虎从新洲路拐上滨海大道，我们沿着滨海大道往南山方向开。这条路真他妈的不错，大海像发情的小母狗，在左手边躁动不安地闪耀着光芒，整个香港都趴在它身上。当然，你找不到这么大的小母狗，香港也不真的趴在海上，但如果能让我这个公民投一票，我认为深圳应该把其他的路都封掉，只保留这条路，你在上面可着劲开来开去，会觉得自己的人生畅通无阻，就跟在天堂里行走一样。

"别跟着那辆大众，我在里面闻得够够的了，你还想让我闻它的屁呀？"我对侯夕照说。

---

① 明·冯梦龙《警世通言·杜十娘怒沉百宝箱》故事场景。

"它们都在放屁。它们太多了,我也在放。"侯夕照拼命给油,超过大众车,咧开嘴笑。

他说得对,二百万辆啊,整座城市都被这些家伙挤满了,我们不过是一些相互排泄再闻臭屁的家伙。总有一天我们会用屁杀死对方,但这需要耐心,关于这个大家都懂。

"你有没有想过,也许你能让自己和现在不一样?"侯夕照小心翼翼地看了我一眼。

"你指什么?"

"去杀一个人,"他说,"或者爱一个人。"

"两样事同时干?"

"有什么区别?"

"我说不好,但我的确想过这件事。"我说,多年的失败让我拿不准,"我应该干吗?"

"我不知道你该不该干,"他显得有些困惑,"我可不想再这样下去了,那会害死我。"

接下来,他给我讲了一个计划,他有一个民国时期的代孕题材(就是在非婚姻制的形式下,男人借女人的肚子下种,让女人替他们生孩子),是他老家湘西借母溪的事,在我遭受囹圄之苦的时候,他找到了家乡最后一个活着的狃子客(就是替那些种子找土地的人,通常是当地有文化的男人)。他希望我为他弄到八百万,然后我们就能去某个三流的国际电影节走红毯了,反正这样的国际电影节全世界有700多个,到哪儿不能混杯劣质酒喝?

"那还等什么,那就快去。"我怂恿他。我明白他说杀一个人和爱一个人是怎么回事了,那是一个暴力加情色的通俗故事。

"我也是这个意思。"他大喜过望。

"我已经祸害过不少妇女了,别指望我这个李甲①能再去什么地方给你找出个杜十娘来。"我说。

"这就是问题的关键。"他有些不好意思地笑起来,"我一直没想明白,我还在思考,为什么会这样?"

"你指民国时期,女人的子宫就在遭受男人的算计和摧残,还是我这个男人没能耐替你骗钱,帮你连女人的自尊心都一块儿算计和摧残掉?"

"算了,我们不谈这个,"他息事宁人地说,顺便看了我一眼,他肯定看到了我嘴角上的火疱,"有不少想开派对的姑娘在等着,我们会快乐起来,至少今天是这样。"

我们进去的时候,酒吧里放着摇嘻哈 wwf the rock,很不错的饶舌,一双高跟鞋不断地笃笃过来笃笃过去,听上去酷极了,让人想到一个寂寞难耐的女人把自己托付给两只细小的鞋跟,那是怎样危悬一线的

---

① 《警世通言·杜十娘怒沉百宝箱》中的主人公,始乱终弃的文人。

命运。

显而易见，我俩并不是唯一来酒吧里找乐子的人，有人在投影式桌面系统上玩"大小通吃"游戏，还有一些人，一些形迹可疑的男人。卡座里有几个看上去头上被人泼了涂鸦颜料的外国人，过去我们叫他们国际友人，或者叫他们老外，但他们其实是打工族，很多还是非法干这一行的，他们缠着两个疑似学生的年轻姑娘，就像一盘下到残局的国际象棋。

我看到一个把自己收拾成金属材料的男人婆，没人搭理她，她一个人在酒吧中间的散桌前玩桌面系统，玩一盘，大着嗓门儿为自己叫一声好，再喝上一杯。这里离海港区不远，但我没看见脸膛被荷尔蒙憋得发亮的水手和随身携带着边缘发毛的驴皮褡裢形迹可疑的潦倒旅客。

1949年6月，15岁的庆应中学学生堂本正目经伙计介绍认识了23岁的小说家三岛由纪夫，于是成为同志。他们是在银座六丁目后街的酒吧BRUNSWICK认识的，但我在这里没有看到装疯卖傻的长发艺术家，一个也没有，这不正常。

酒吧少爷把我们领到角落的散座上。我无法判断谁是新兴资产阶级，只知道所有人都怀揣着情欲的蓓蕾宝贝，我们进入巴洛克外套覆盖下的欲望森林了。

我原先以为拒绝了侯夕照，他会点最便宜的"金威",我不要脸地让他至少来两杯"黑方",他竟然点了整瓶的"麦高伦18年",看来小子趁我没在的时候发了一笔。我们喝上了。

离我们不远的一个卡座高朋满座,那是一群穿休闲西装的年轻人,一个个短茬头,印堂发亮,像驻港部队出来的特种兵。他们在说一些诸如"转移性乳腺癌""马铃薯基因""代谢性疾病""共生体基因组计划"之类的玄幻事儿。我猜他们是"华大基因"的,他们能在高倍显微镜下把基因这种玩意儿摆得一清二楚,然后鼓捣出一些听上去令人振奋的东西。按人们的说法,他们在改变人类的命运。

"拉链没拉上,他们不该在这里亮出自己的大家伙。"侯夕照极不满意地朝那边瞥了一眼,"他们迟早会成为长痔疮的大象,别指望我去跪舔他们。"

"闭嘴,"我嘘他,"让我听听他们怎么把这个世界弄到手。"

我们就么喝了几杯。我看见吧台那边有一个年轻姑娘,看上去二十三四岁模样,目光迷茫,落落寡合,一个人趴坐在高台上,有一搭没一搭啜着一杯乱糟糟的酒。有两个男人过去和她搭讪,说了两句离开了,看来没讨到什么好。她是那种五官清晰,轮廓分明的年轻女人,这种女人在她们的群落中并不多见,大家都在变着法子把自己的脸搞得模糊不清,像是玩"你猜我是谁"

的公众游戏，相比起来，你可以把这种姑娘叫作真人。

"是个好姑娘。"我告诉侯夕照。我的意思是，我对那个姑娘印象不错。

"你在里面待的时间太长了。"侯夕照同情地说。

"我认识她。"我说，目光挂在吧台那边。

"你还认识杰西卡·阿尔巴。"他说。

他向我重申酒吧精神三原则：个人的进取意识，积极有效的激烈原则，义不容辞的责任感。照他说，那个姑娘过于干净，有点冷，不符合上述三条精神。说完之后，他东张西望，在扑朔迷离的灯光中寻找想开派对的姑娘。

吧台边那个姑娘好像知道我俩在说她，回头冷冷地向我们这个方向看了一眼，然后点燃一支香烟，吐出烟圈。她的烟圈吐得很漂亮，虎鲨通过后的旋转水流就是这种样子，一看就知道，她是那种在杀戮场上不知深浅的小野兽，这种小家伙通常都能把自己弄成硬通货，或者最终把自己干掉。但她肯定不是酒吧公主，而且不知道自己有多危险——她漂亮的脑袋就在一堆炸弹似倒悬着的酒杯下面，随时可能遭遇伊拉克"黑色礼拜日"那样的事。

我端着酒杯过去了，在她身边坐下。

"听你口音是四川人。你是吧？"

"少来，我俩就没说过话。"她冷冷地说，朝我酒杯里看了一眼。

"现在说了。"我也朝她酒杯里看了一眼,她喝的是"力娇",看来还没找到战场,手头拮据,不得不节制,但她穿了一条草绿色的麻布长裙,这给了我好感,"我们在哪儿见过,但我想不起来了。"

她冷笑了一下,没有回答我的话,但我就是这么想的,我见过她。

"想知道男人最迷恋女人的什么吗?"我说。

"除非你反过来问,不然我不会回答你的问题。"她揶揄地看着我,漂亮的眸子里埋伏着一对随时准备派上用场的小拳头,"知道吗,我不想失礼,我换个说法,对我来说,你这号男人太成熟了。"

"好吧。"她的确把北方的坏天气带来了,但这是南方,南方从不在坏天气上徘徊太久。我起身离开。

"等等。"她迟疑了一下,好像知道我在想什么,伸手把烟蒂摁进我的酒杯里,她的胳膊细得让人心疼,"我想待一会儿。喝完这杯,我会叫一杯过去。但别和你的同伴商量怎么才能泡上我,我不喜欢让人泡。"

我乐了。你说今天是什么日子?

侯夕照已经去了旁边一个散台,和两个鼹鼠般可爱的围脖姑娘泡上了。我回到自己的窝里,像一条输了架的狗,趴在桌沿上,点燃一支香烟,百无聊赖地烧衣服角。有人色眯眯地上网,有人装腔作势地捧着一本书,也不知道看进去没有。那些国际友人在说"cheers",其实他们面前就一个所剩无几的空酒瓶,没什么好"cheers"的。

但她很长时间没有过来,先是和一个业绩不错的酒吧公主说着什么,后者刚刚在"华大"人那边推销掉两瓶"皇家礼炮",她好像对这个感兴趣,然后她一个人趴在吧台上发呆,像一尊变形的女版大卫。等我想再过去叫她的时候,一个金色胡子的国际友人缠上了她,他们在说喀什志愿者的事情,一些年轻的自由职业者跑到那儿去支教,教维吾尔族的孩子读书,她很耐心地给他解释着什么,他回了一句,她掩着嘴咯咯笑,胸前两块幼稚的肉在光影里活泼地跳动。都什么时代了,还有谁掩嘴?她在酒吧出现是个误会。

我又饮了一杯。我怀念"红公爵",它是深圳最早的酒吧,装修得像一摊狗屎,又挤又闹,没有光屁股的姑娘在十一点之后跳大腿舞,但它让人感到亲近,人们就像失散多年的兄弟姐妹,你可以随便靠在谁的肩头上大哭一场,或者背着脏兮兮的行囊去他(她)的出租屋蹭几天行军床。后来的"阳光JJ"也不错,有疯狂的rave party,英格兰顶级DJ现场混音和打碟炫得你认不出自己是谁。"阳光JJ"还是自由和个性万岁的发布会,在那里你可以随便亲某个姑娘的嘴。那都是什么年代啊,你能找到"时间就是金钱,效率就是生命"的时代精神,走在路上,你会相信任何迎面走来的陌生人,台风刮成什么样,天黑成什么样,你也心怀希望,弗拉基米尔·伊里奇·列宁同志描述过那个年代,"凭着《国际歌》的旋律,你能在任何地方找到同志和战友"。

那个时候我还是孩子,现在我老了。

侯夕照没找对路子,回来了,但他并不气馁。我俩干喝了一阵,扯了一会淡。他给我讲一些事,笑得把酒喷出来,也是扯淡。人们说世界高速发展,洞中一日,世上千年,其实根本没有这么回事儿。侯夕照很快撇下我,玩开了19速联的"左轮枪"游戏,他运气很差,老是中枪,一个巨乳美女不断温柔地提醒他,你输了,罚酒一杯哦。他把自己灌得直骂娘。他又叫了一瓶。

我坐在那儿无所事事,一杯接一杯往下灌。我无所事事,等着谁来摧毁我。但事情也会发生一点变化,闲得正蛋疼时,她过来了,在我身边坐下。看上去她不胜酒力,眼圈微红,梨花带露。

"嗨。"她说。

"嗨。"我说。

侯夕照是我肚子里的蛔虫,他凑过去嗅了一下她的嘴,叫了一瓶"三得利樱桃",一只新杯子,给她斟上。

"他比进去之前胖多了,这是健康的一种表现。"他说,"但他肯定不愿意我这么说,你说对吧,喜子?"

"你的名字?"她斜着眼睛看我,被这名字逗乐了。

"还有大名,你也可以叫我赵传喜。"我解释,但也好不了多少,"那么,你叫什么?"

"和你没关系。"她说,警惕地看了我一眼,再看侯夕照一眼,后者不出声地耸动肩乐。他俩真是一对好搭档,照我看。

"通常人们总会叫个什么吧?"我说。

"你要是我爸,就不会忘记,对吧?"这回她把脸转向我,她离我很近,近得我能看到她的前世。我不知道她怎么看我。我不知道我的前世是什么,只是我想看到。这座城市呢,它的前世是什么?

但她说得对,我真不是她老爸,虽然我和她老爸年龄不会差出这座城市的年龄,而且我有自己的老爸,这是我们都得坚持的原则性问题。我希望她能想起我来。我在想,如果她答应我摸她,我先把手放在她的什么地方,老东门,深圳河,还是蛇口?这个问题让我困惑了一阵子。

"有什么好玩的?"她端起酒杯啜了一口,很深,是个不怎么懂得喝酒,但敢于往死里喝的女水兵。

"没想好。还没喝出汗,那个时候才知道。"我说。

"他就是这样,劲儿都留在后面,别想让他上来就泄。我教你一个玩他的方法。"侯夕照来劲了,开始他拿手的混搭,他丢开桌面系统,手肘撑在桌子上,把上半边身子挂上去,看上去像半扇待卖的肉,"你先和他 came on to it，bottoms up，原则上自愿，No bones about it，决不 Pour Judgement，看看你俩谁 drink like a fish。"

"往陷阱里引我？"她冷笑。

"得看情况，一般都是这样。"侯夕照承认。

"知道了。"她说，回头往吧台那边看了一眼，好像有点拿不准，在人影幢幢中寻找支援，如果局势险恶她就撤。

"知道什么？你什么都不知道。"我说，"我们在观察你，我目光阴险，他也好不到哪儿去。"

"别打我的主意，那会在你们当中制造矛盾，"她说，发狠似的把整杯酒干掉，盯着空杯子上往回挂的酒剩，一副见过太多的样子，"清平。我叫清平，你也可以叫我别的。这没有什么，不就是那么回事吗？你什么也损失不了，你还是你，你懂我的意思吗？"

"当然。"我给她的杯子斟满，在灯光的投射下，那里又好看起来，"现在想起我来了？"

"嗯，"她端起酒杯，眸子里荡漾过一道温暖的光，"你是灰太狼。"

"你看，事情就是这样，我们总是把自己遗忘在路上。"然后我认真地对侯夕照说，"她很有才华，但她是雏子。"

"我也是这个意思。"

"我想虐待她。"

"我也想。"侯夕照说,把头转向她,"我们继续。你做什么的?"

"别这么问她,这样不礼貌。"我对侯夕照说,"但他可以问你,对吧清平?"我对她说。

"他可以直截了当地问,他还可以当市长。"她戏谑地看着侯夕照,紧张地反击。侯夕照冲我眨眼,回头招呼酒少爷加酒。我们喝得很快。他是这方面的专家。她有点糊涂地摇头,看着我,她那个样子把我俩逗乐了。没说的,她的确是个好姑娘。

"那么告诉我们,你是做什么的?"我说。

"你俩猜。"她说,她的杯子又空掉了,"我说你俩没错吧,有没有别的谁在洗手间里吐得出不来?"

"我们刚来,你全都看到啦。"侯夕照被她的话逗得咯咯地笑。他俩碰了一杯。她干了,像挨宰羚羊似的亮出细细的长颈,脖子和喝酒的姿势同样漂亮。

虽然他俩把我忘掉了,人们把我忘掉了,我还是喝光了杯子里的酒。人们应该记住我,当年《中国先生》那部片子多火爆啊,它赚足了人们的眼泪,正是我为剧组连哄带骗弄来了救命的一千二百万,换来了内地纪录片市场的辉煌时代。而且,我猜我刚才的判断有误,其实她酒量不错,照这个样子,今晚得喝掉不少,幸亏我进去之前已经是个穷光蛋了,目前一个子儿也没有。不管怎么样,我不愿意落在人后面。

那边"华大"的那些年轻人喝得不多,两瓶"皇家礼炮"被冷落在一旁,他们在器宇轩昂地争论着什么,这回换成"中国部分""野鸽基因""大熊猫项目""手工克隆猪""糖尿病项目",还有一些别的什么。我不知道肯德基那一大堆弄出事儿来的鸡翅膀有没有他们的份,要我说,我不赞成他们去招惹大熊猫,我们将来变成什么样,对谁也没损失,大熊猫要变成树懒或别的什么,这个蓝色星球还有什么劲儿?

"我认识一个人,是华为的科学家,他只有在翻动书本的时候才能来高潮。"侯夕照说。

她被逗乐了,顽皮地偏了偏脑袋,让散落下来的一绺头发顺回原处。

"猜猜我们以后会变成什么?"我还在先前的思绪中。

"变成什么?"她没明白。但她是真漂亮的那一种。

"这是最难的事情,没人知道。"我老实承认。太快了,一座城市建立起来,一个人老掉,无数人在慢慢失陷,变成他们年轻时讨厌的那种人,然后被自己和新的时候遗忘掉,还有什么?

"但你总是想到它,不会轻易说不干了;你仍然勇敢地往前走,不肯停下来,对吧?"她看了我一会儿,目光变得严肃起来，还有那种你把它叫作期待的东西。

她这样做让我伤心。她那么年轻，肯定没有经历过火红的年代。轰，轰。一个年轻人怀里抱着他八个月大的孩子来到深圳，他是基建工程兵，他把南山炸掉了，再把蛇口炸掉，然后去炸更多的地方。轰，轰，山海之地间，一半的红树林没了，滩涂和渔村消失掉，三十年，一座城市拔地而起，成为世界上最年轻的大都市，中国老了，两个三十年加在一起黏在它的鞋跟上喘着气向前奔跑。

那个年轻人如今也老了，当年他抱在怀里的孩子长大了，他和他当年一样年轻，却什么也炸不了。

问题是，你没有资格让人变得严肃，没有资格让任何人变严肃。

音乐换了，是一首东南亚热带雨林风格的慢嗨，女歌手嗲得腻人，耳朵支的时间长了，一脑门糖浆往下淌，像这座城市的外宣形象。我没说话，她也没有，我们都没有。我们都有点迷蒙，看不清对方，不再相识了。那是又一代人。第三代。

一群热气腾腾的姑娘拥进酒吧，酒吧里立刻弥漫起肉体美妙的芬芳。男人们全都竖起耳朵，兴奋异常。进食的时间到了，如果换成电影大碟音乐，奶牛们会不会产出更多的奶？侯夕照行动困难地扭过脑袋朝那边看了一眼，没挪身子。我也没有。我俩被雏子似的她迷住了。我们被自己颓废的情绪迷住了。

"我们来制定一条法律,我们自己的法律,"侯夕照打起精神,他摸了两次才摸到骰盅,但其实用不着那个,"你俩玩'大话骰',要不就玩'10秒'和'记忆王',输了的让赢的kiss两下,三下也行,缠吻也行,随便。"

"三下还是随便?到底是哪一个?"她困惑地伸出手,拽住侯夕照的衬衣领,把他拽到面前,好像那个问题对她非常重要。她不是拿不准,而是完全失去了方向。他俩脑袋顶脑袋,像羝角的岩羊,还像亲嘴。我皱着眉头看那个荒唐的场面,难道她不知道他很在意自己的着装吗?难道没有人对她说,她得摸着石头过河,过了河还得咬着牙往前走吗?

"这样不行,蜻蜓,"我说,"这样我们都会向错误的方向迈进一步,也可能是两步。"

"为什么不是三步?为什么不能奔跑?你拿惯性怎么办?"她困惑极了地看了我一眼,目光中充满不甘的活力和赴死的决绝,"清平,我叫清平,我已经告诉过你了。"

"你说叫你什么都行。"我给她倒满杯子,我自己也满上。事情就是这样,开始的时候我们什么都不是,你拿我们当什么都行。

"你没听明白我在说什么。"她摇晃了一下脑袋,固执地说,不肯在这个问题上妥协。

"生活并不喜欢难侍候的人,"我说,"我猜你没赶上校园民谣,之前你在城市史中看到无数死不瞑目的尸骨,那是一些不错的城市民谣,你不会对这个吃惊吧。"

"那就这样吧。没想到你是这种人。"她恨恨地去拿酒瓶,这回她不用谁伺候。

"好吧,"她说得对,相对于她我太成熟了,我能在她身上看到我自己,但我不想让她不高兴,至少在今晚,"我刚才说了错误,我承认,有时候我会犯一些错误,我们都会犯一些错误,但是蜻蜓,事情没那么容易,我和生活叫上板了。"

"他的确叫上板了,他就是喜欢蜻蜓,他在这方面陷得很深,比深圳还深。"侯夕照举起一只巴掌在眼前晃,他自己的巴掌和自己的眼睛。

"你认为,三角梅满大街绽放,人们能得到什么?你什么都得不到。"我说。

她同情地看着我,看了一会儿,像撒尿和泥的儿时伙伴那样拍了拍我的肩膀。要是我没喝多,不是一厢情愿的话,我觉得她豁出去地朝我这边移动了一下。等酒少爷送第四瓶过来时,她已经把手放在我的大腿上,就像在摆渡车上随便抓住什么当扶手。我也一样,知道我找到了她,能让她做些什么事情了。但这样并没有让我好过一点,事情肯定有什么不对劲。我现在希望自己哪儿来的回哪儿去，我指的当然不是看守所。

"我什么也没干。我是说，没工作，还没找到。"她说，语速很快，好像一旦慢下来她就决不再开口，她会胆怯地退回去。"我从别的地方来。小地方。知道那种你每天都能注意到日出日落的地方吗？我就是从那儿来。"

我知道。我去过那种地方，迟早有一天，它们全都会消失。我朝酒吧门口看去。其实我什么也看不见。但我知道我们所处之地是哪儿，它是欢乐海岸，它身价不菲，离着不远是海之门，那里有城市最大的游艇会，那里的物业每个单元都能卖到数千万，附近的立交桥下两个乞丐在为争夺地盘斗殴，其中之一必将暴尸街头，比他尸体更臭的是几里外滩涂上畅销内地市场的品牌蚝。这些都属于正常生活的一部分，但我就是觉得心里空洞洞的。

"我也不是什么都没干，我干过一些。你知道吗，就像什么也没干似的。"她停下来，想去抓酒杯，但不想把她的手拿开，这样她就会失去扶手，这使她看上去更加困惑，"我说不清，以后我会变成什么，但不管变成什么，不管我在哪儿，最好别人能叫出我的名字。"

我突然想讲一个故事，给她。我并不认识她，她是陌生人，我也是，是她的陌生人。我们都是这座城市的陌生人，需要杀出一条血路才能彼此认识，并且为自己建立起一座全新的城市。

"有一个年轻人，"我开始讲那个故事，"其实他不年轻了，老婆都用废一个了，女儿也改了别人的姓，他骗了人家一大笔钱，他把他爹妈的脸都丢完了。"

"他爹妈是干什么的？"她问，开始注意听。

"这座城市的第一批移民，刚建市他们就来了，你眼里看到的这一切的建设者。你知道拓荒牛这个说法吧？说的就是他们。"

"后来呢？"她递给我一张纸巾，好像有什么预感。

"后来就过了三十年。"

"往下。"

"他们都老了，但只是老了，你在关于这座城市的所有小说和诗歌中都看不到他们，城市雕塑中也没有他们的影子。他们开始考虑死亡的事，两个人为这个争得脸红脖子粗，吵嘴吵得厉害。老头后来生气了，对老太太说，对不起老伴儿，我知道这样说你会难过，但我已经决定了，我会比你多活一年，确信你最后真的离开我了，再把一切处理完，才去死。老太太哭得差点儿没晕过去，说什么都不干，当着老头的面摔了好几个碗，两个人为这个不再说话。"

"一直没说？"她往我这边靠了靠。

"嗯。没机会说。"

"你骗人。"她笑了一下，有些被那个结果魇住了，"怎么会？"

"老太太去世了,就在他俩吵过那一架后的第21天。中风,人走得很突然。"

"他呢,老头呢?"她抽了一口气,抓住我的手。她的力气很大,把我捏疼了。

"他不知道老伴去世这件事。"

"你胡说什么?"她生气了,"你就是胡说!"我猜如果我不打住,接下来她会扬起她那只漂亮的小手扇我。

"老头两年前就患了阿尔茨海默症,就是人们说的老年痴呆症。老太太也一样,他俩都是,近期遗忘非常厉害,所以才急着安排后事。"我停了一下,在想那个时候发生了什么事情,"他俩拌嘴的时候,已经不记得对方的名字了,只知道她(他)是他(她)的命根子,她(他)属于他(她)。老太太的后事,每一个细节都是老头亲手操持的,他给她剪了她年轻时习惯的兰花头,为她换上她喜欢的那套棉布衬衣,扎白兰花的花环为她戴在头上,比自己的出生都上心。可他忘得很快,十几个小时之后,这些事情就全忘了,他再重复做,清理剪子,到处翻找棉布衬衣,去花卉市场买白兰花,做了好几遍。所以,他不知道。"

"怎么会,这样?"她声音发抖,指甲掐进我的手背。我能感觉到我的手心里开始渗出汗。

"老头每天都会把儿子,就是那个骗了人家一大笔钱的年轻人，把他叫到面前，询问他的老伴儿去哪儿了，什么时候回来。他不知道，她躺在西丽报恩福地墓园里已经整整两年了，是他亲自为她选的地方，花掉了他全部的积蓄。"

"你是我见过的最无聊的男人，没有人会讲这种破故事！"她把我的手狠狠甩开，恨恨地看着我，眼眶里噙着泪花。但她坐在那里没动。看上去她像什么也没剩下，对自己的生活绝望透顶的人。

音乐又换了，是一首黑人说唱，一个慵懒的非洲男人充满磁性的声音猛踢我的屁股，听上去就像"滚吧蠢货"，至少和这个差不多。在此之前，侯夕照已经离开了我俩，他在另一个角落里，被一群姑娘包围着，手舞足蹈地说着什么，大概是在讲另一个故事，那个民国时期的代孕故事。我觉得他的故事和我的故事异曲同工，我们讲的都是代孕的故事，一些人替别人孕育了什么，然后拿着两块光洋离开，这就是故事的核，只是我不认为她们能给他八百万，让他去什么地方踩红毯。我认为一切都结束了，我该回去好好睡上一觉，冲凉的事明天再说。

"我不想再徘徊下去，"她苦恼地看了看面前的酒杯，够过身边的小包，翻出手机，差点没把我压倒在地上，"告诉我你的号码。别一口气说完，分三组说，不然我会弄错。"

她拨通我的电话。我为还能记住自己的号码满意，却找不到电话在哪儿。她趴在我身上，费了好大劲才在我裤兜里掏出它。那以后她从我身上起来，我们坐在那里用电话说话。我无法确定她在说什么，但能看见蓝光衬映下她脸上干净的汗毛，它们就像一些蒲公英花羽，像它的花语似的随时准备飞起来。

"你会疼爱女人吗？我是指，让她们不那么绝望，得了痴呆也会惦记她，记不住名字也不和别人吵嘴，只和她吵，她死了以后为她戴上白兰花冠，你会吗？"

"我不知道。"

我本来想开个玩笑，说"我能"的那个广告，但还是这么说了。这是我真实的想法。我的另一个真实想法是去洗手间吐一次。不过，这些事通过电话说会容易得多，这样人就能说真话。我决定一会儿去海边吹吹风，直到用不着脸红，再说别的事。

"别说，做给我看，别让我失望。你们这些男人没有一个好东西，要么就证明这个。"

我觉得这个场面真是太奇怪了，我就在她面前，她的一条腿搭在我腿上，怕冷似的把半个身子窝在我怀里，她扭头朝酒少爷示意加酒的时候，我感到有一股冷空气钻进来，但她不看我，就像人在老远的地方，比如说，在惠阳给我打电话，蹙着眉头，一副生气的样子。"我试试。"我取过她手中的酒杯放在桌上，第一次没放稳，第二次行了。"别让我害怕。"她说。"我试试。蜻蜓，我试试。"我摇晃着身子站起来。我看见了黑胡子木匠欧仁·鲍狄埃和白胡子园丁皮埃尔·狄盖特，看见了公社失败日的第二天，梯也尔的政府军在街头肆意枪杀公社社员，鲍狄埃躲在郊区一所老房子的阁楼上写下的那首《 L'Internationale 》。我扶着桌子，把酒杯擎在手中，大声唱起来：

> 是谁创造了人类世界？是我们劳动群众！一切归劳动者所有，哪能容得寄生虫！……

我不知道蜻蜓她能不能从这首歌里听出她的名字，我觉得这首为歌颂巴黎最贫困的东部工人区而写下的歌——流血周最顽强的抵抗正是发生在这里——是酒吧里最嗨的歌。音乐很快变了，DJ真他妈的棒，他是我见到的最酷的小伙子，他在听到我第一段歌词的时候就立刻兴奋起来，把共鸣开到极限，为我现场打碟，整个酒吧立刻变成1871年5月流血周的巴黎街头。人们先是呆在那里。那些酒瓶子后面的先生，我是指那些酒少爷，他们支着酒托目瞪口呆地站在人群当中朝我看，但"华大基因"的那几个年轻人最先反应过来，他们兴奋地从卡座里站起来，手挽着手，挣着嗓门和我一起唱。另一边卡座里的国际友人也站起来了，他们用英文大声高唱，因为喝了酒，他们的声音显得非常棒，那个金色胡子甚至张开双臂大声唱着朝我走来。然后是那个把自己收拾成金属材料的男人婆，她竟然站到了桌子上，挥动手臂打开了拍子。

……最可恨那些毒蛇猛兽，吃尽了我们的血肉！一旦他们消灭干净，鲜红的太阳照遍全球！这是最后的斗争，团结起来到明天！英特纳雄耐尔就一定要实现！这是最后的斗争，团结起来到明天！英特纳雄耐尔就一定要实现！……

我挣着喉咙大声唱，一边转过身去寻找蜻蜓，好一会儿才弄明白，根本用不着那样，她就在我身边，她基本就在我怀里，紧紧地拽着我的胳膊，泪水涂满了她年轻的脸蛋。我乐了，向她举起酒杯，然后沿着桌边出溜下去，以后的事情我就不知道了。

这件事情过去已经有一段时间了，现在想起来，其实它不能算一件事情，至少不能算一件完整的事情。那天晚上过后，我再没有见到蜻蜓，她消失在这座城市中，也许这个时候，她正在某条街道上挺着小胸脯勇敢地往前走，去某个地方面试，以便拿到进入这座城市的通行证。我在想，要是那天晚上我不喝醉，我们本来可以做很多的事情。比如我们可以去海边吹吹风，说一些这座城市的往事；海风很黏人，它会在第一时间找到我们，把我们吹个够。然后我们可以去另外一家酒吧，喝当天晚上的第二顿，或者找一家潮州粥店，改喝啤酒，那里有很不错的潮汕凉菜。

那天晚上没结束，要不我们还能干什么呢？

还有，我一直不明白一件事，她是打哪儿来的？她说她从能够看到日出日落的地方来，那个地方我知道，但她叫蜻蜓，应该生活在雨后的池塘和小河边，怎么会出现在酒吧？而且，在"小荷才露尖尖角，早有蜻蜓立上头"，成为益虫之前，她需要两年以上的羽化阶段，至少经历 11 次蜕皮，除了捕食孑孓，她还得蚕食同类，这些事情，她是否知道？

还有，那天晚上我俩通电话，我说她像在很远的地方，比如在惠阳给我打电话，我说惠阳是有道理的，我给她讲的那个故事，它就发生在我身上：那个患有阿尔茨海默症的老工程兵，他就是我爸爸，他现在还活着，但他不住在深圳，他住在惠阳，那儿离深圳不远，或者说，不是特别远，他住在一个基本上全是老年业主的小区里，一只名字叫作"喜子"的杂种狗陪着他，每天早上，他俩都会静静地站在 23 层楼的窗前，向西南方向的深圳遥望，从他俩站着的地方，能够看见一幅巨大的标语牌，"深圳人民欢迎您"。这些事情，我都没告诉她，来不及告诉，她太急着往远处走，去水草丰沛的环境中羽化，我很遗憾她没能听完这个故事。

　　说到故事，谁都知道，深圳有很多酒吧，每个酒吧里流传着属于自己的故事，只不过，上了年纪的人，那些曾经在这座城市里奋斗过然后老去的人，他们一般不进酒吧，所以人们听到的故事，都不是这座城市的老故事。但这没什么，酒吧的好处，就是无论你属于过去的还是现在的，怯懦还是勇敢，肮脏还是伟大，你永远用不着对谁负责，就算对那些想开派对的姑娘也不用。

　　至于我和蜻蜓那天晚上待过的那间酒吧，它叫什么，我就不说了。

2013年2月8日

于梅林数叶轩

纪　念　日

袁湖蛙沿着幽长的安全通道下楼。25层。袁湖蛙今年25岁。

第三次下。一会儿还得上来。

袁湖蛙连续参加过三届城市马拉松，是"旅行者"户外俱乐部成员，身体壮得像块能贴地飞行的磨刀石，作为"客家食府"的厨师，3公斤的炒勺他能玩出12番花式，四五公斤的炒锅能颠出子姜藤壶中那两粒空瓤的，上下楼不是事儿。

但他不爱上上下下。

都怪他运气不好。

这个小区地处大鹏半岛，两成半外籍住户。下午从防疫站回来一对德国工程师夫妻，夫妻俩从法兰克福飞香港，在香港折腾了20天，又在皇岗口岸排了十几个小时队，精疲力竭入了境，在街道防疫站指定酒店留观了一周，两次核检阴性，获准居家隔离，防疫站派车送回小区，监视着上了楼，所经之处立刻消杀，3B栋1单元2号电梯临时关闭，通知说6小时后重新启用。

袁湖蛙正好在3B栋1单元2号电梯25层客户家服务。

两个月前"客家食府"换经理，前任经理走前叮嘱，有份长期合同，内容是每年今天为客户上门做一桌客家菜，要求厨师长服务。菜式不能再传统，技术含量不高，但有个奇怪的条件，按照40年前的样式做，对方出价是市价的两倍，外加四成五服务费，厨师长出台费另算。

这样的话，利润近百分之两百。

新来的经理像中了福字彩，担心服务不到位，特地打电话征求客户意见，酒楼有新研制的网红菜品，紫苏炒花甲、美极鱿鱼筒、三椒水库鱼头，是否换两款？

神秘客人在电话那头耐心听完经理解释菜品，回了声"谢谢不用"，电话挂上，宴席款随后到账，不然新来的经理会怀疑遇上了骗子。

袁湖蛙下午4点就跟师傅从市里过来了。这份单原来由其他人做，师徒俩都是头回上门。一位西装寸头小年轻在屋里等着，看过师徒俩核检报告，礼貌地吩咐，照惯例，宴席没人吃，菜式严格按单子出品，夜里11点25分准时开席。

袁湖蛙有点蒙，没听懂对方的话，指定厨师长上门服务，费那么大劲办桌宴席，没人吃，干吗花这个冤枉钱？袁湖蛙回头看师傅。师傅邪门的事见得多，头也没抬，说声"知道了"。

师傅是"客家食府"总厨，高级技师，拿过一大堆专业厨艺大赛奖牌，出过十几本书，在电视台办过美食栏目，是多个专业比赛顾问团成员，三家厨师学校的老师和董事。袁湖蛙是他的学生兼门徒。

西装小年轻走后，师傅也不向徒弟解释，让把车库里的厨具运上来。

袁湖蛙去车库搬厨具，刚才进门时没留意，这会儿才弄清，客户家占25楼半层，三面环海景观，落地窗，全套紫檀雕花家具，不像有人居住。打客厅过时，袁湖蛙见客厅北墙上挂着两幅老旧的炭笔画，画上一男一女，男的二分头，女的梳大辫，两位都年轻，不像这个时代的人。

等袁湖蛙把家什盘上楼，师傅早穿戴好，试过客户家灶具，动手做"麒麟脱胎"。

"麒麟脱胎"是道繁琐菜，材料一大早就收拾好，袁湖蛙一样样从冰袋中取出来，师傅依次将人参填进麻雀肚、麻雀填进鸽子肚、鸽子填进仔母鸡肚、仔母鸡填进乳狗肚、乳狗填进猪肚，雁阵线缝好，装盆，加料酒、葱段、姜片、酱油和红糖包，鸡汤浇盖，进蒸屉，设置好起火时间。

做完这些，师傅脱去工作服，卸下厨师帽，洗了手，吩咐袁湖蛙按程序准备，就走了，去附近游艇会找朋友饮茶。

名师高徒，准备工作不难：涨发品是提前备好的，保温袋现成带过来；吊汤早晨6点起锅熬制，照菜单要求省去白汤，清汤浓汤各制了一锅。袁湖蛙分出一半清汤，筛滤去汤里浮渣，鸡腿去皮剁成肉茸，加葱姜酒，清水中浸泡出血水，放入清汤中旺火加热，手勺顺时针搅，汤将滚要滚时改小火，等汤尘被鸡茸吸附干净，撤去鸡茸，制得一盅澄亮鲜汤。

剩下的活无非上墩子，需要预加工的一样样加工，放进冰箱保鲜。

客户家厨房连着饭厅，大到能玩狗飞碟，两台伊莱克斯四门冰箱带双温操作台，袁湖蛙斫轮应手，不觉得憋屈。材料中没有进口冻品，酒楼规定仍戴手套，这个袁湖蛙做到了。师傅不在，他戴着耳机听许嵩的《我们的恋爱是对生命的严重浪费》，也不觉得累。

等半成品预制完，袁湖蛙备好宾俏，打好葱油，热油和调料入盆归位，水锅、炒勺、手勺、手铲、漏勺、笊篱、网筛和锅筷按师傅操作习惯摆放停当，清洁顺手做了，一切准备停当，就等到点起炉子了。看窗外，夕阳还在海面上悠悠挂着，惹得海水老想去亲嘴，看似能够着，又够不着，急出一脸红。

事先有叮嘱，不能在屋里抽烟。超大露台和三个凉台都不行。

留守老家时袁湖蛙学会了抽烟，烟龄从小学三年级算。不是他一个人抽，村里好几个小伙伴抽，大伙儿一边抽一边掰着手指头算，什么时候长大成人，搭乘一趟G字头列车去到珠江或长江尽头，挣得比只能在视频里见的父母多。等到了厨师学校读书，这个恶习加深了。

袁湖蛙佩服死了师傅——学校叫老师。师傅在袁湖蛙这个年纪就在吉隆坡客家会做厨师，和当年的元首马哈茂德·依斯干达握过手，以后转到香港客家会，给大佬李兆基和郭炳江兄弟做过宴席，天天和明星厮混，手都不愿握。师傅有两个老婆，她们都给他生了儿子。

和师傅比，袁湖蛙觉得自己的经历平凡到寡淡，羞死不冤，焦虑不是一点点。读完一年制中专课程班，他决定走师傅的路，出国发展，咬牙报了"1+2"快捷移民大专班。

点灯熬油混得快捷班毕业，袁湖蛙凑足钱，买了两斤英红九号，恭恭敬敬上门见师傅，请他推荐自己出国做会所。师傅问明白袁湖蛙的志向，留他喝生滚猪肝粥。师傅一边慢悠悠用猪骨、粉肠和干贝熬汤煮粥底，一边给袁湖蛙讲自己的学徒经历，袁湖蛙出国的念头就打消了。

师傅5岁时父母双亡，亲戚不愿养，整天在番禺街头混，饿了就去餐馆酒楼后面捞泔水果腹。师傅捞了10年泔水，混熟了广府菜、潮州菜和东江菜系大厨，闭着眼尝泔水也能分辨后台哪位大厨当班。师傅还混熟了来来往往一拨一拨广府、潮汕和客家商帮，装了一肚子正德年间岭南人私船出海做贸易的故事。师傅筷子尖顶着一丝潮州下粥咸菜，语重心长地指点袁湖蛙，仔，做菜唔系做菜，系烹制人生，一勺颠天下。

成长道路漫长，烟瘾憋不住，只能下楼解决，哪知第二次下去就遇到电梯停用。

袁湖蛙听着音乐下楼,按徒步下山时的诀窍,晃晃悠悠,小步慢走,反正不赶时间。

"分手的纪念日是在圣诞的十二点半/Don't hold my hands/I wanna say bye……"许嵩在耳机里伤感地唱。

明天是袁湖蛙的一个纪念日。

许多纪念日中的一个。手机提醒便签上一一记着。

生日、爷爷祭日、领取职称证日、尾灶操勺日、晋升二灶日、处女跑日、处女穿越日,还有首次被污、失贞周年、初恋终结……

明天是逃离袁午豪管制十周年。

袁午豪是袁湖蛙妈妈的丈夫。袁湖蛙这么叫他。

袁午豪到深圳打工的第三年,袁湖蛙出生,过了两年,妈妈也来到深圳。他俩每年过年回鄂州梁子湖豢泗镇老家几天,初五六迎完财神送完穷鬼就返回深圳抢开工利是。有时候厂里忙就不回去,挣加班费。

回梁子湖他俩骑摩托,沿惠深高速北上转赣鄂高速。俩人穿得厚厚的,戴棉手套线帽子,再套上头盔,顶着风雪在车流中穿梭。妈妈坐后座,小山似的双肩包勒在背上,胳膊箍紧丈夫的腰,这样俩人都暖和。

有一年遇到大雪,他俩困在105国道上。很多人弃车徒步,也有冒险死扛结果翻车掉进山沟里的。

妈妈冻得在后座坐不住，袁午豪卸下妈妈身上的行李，腾出一半礼物，拿去路边小卖部换了1圈绳子、2卷保鲜膜、10个卤鸡蛋，让妈妈趁热吃掉5个鸡蛋，自己吃掉另外5个，用保鲜膜把妈妈里外缠结实，再用绳子绑在自己身上。

"困了就睡，莫做噩梦，做噩梦莫踢我刹车。"袁午豪交代妻子。

"嗯哪。"妈妈答。

袁午豪打燃车，跟在两辆铲雪工程车后面，歪歪扭扭地轰油门。妈妈一路睡了醒，醒了睡。大年初二那天他们到家，吃了奶奶补做的年饭，袁午豪就去市里做了手指切除术。

袁湖蛙知道，袁午豪爱他老婆，变态地爱。

袁湖蛙对他俩没有什么印象。也不恨，也不爱。他身边的小伙伴，有的恨，有的爱。

袁湖蛙15岁那年，家里3层楼盖上了，小妹也上了高小。袁午豪辞工不干，带老婆回家承包了一片湖汊，养鱼养蟹养龙虾，供3个孩子上学。

袁午豪总是给袁湖蛙零花钱，袁湖蛙不要，他硬往袁湖蛙兜里塞，但他对袁湖蛙不满意，老打袁湖蛙，说老大读书不用功，带坏两个妹妹，自己白辛苦半辈子。

每次袁午豪给袁湖蛙零花钱，妈妈都扭捏地拦着不让给，每次袁午豪打袁湖蛙，妈妈都拼命地拦着不让打。每次袁午豪都压抑地喝酒,石花大曲一瓶一瓶地灌。

有一次打得太狠,袁午豪差点没把酒瓶子砸在袁湖蛙脑袋上。那天袁湖蛙没回家,躲在水库边咬牙抹泪,琢磨着怎么死,让袁午豪后悔。

第二天天没亮,袁湖蛙就跑去湖汊里下了两网鱼,卖掉换钱,离开鄂州,来到深圳。

袁湖蛙喜欢深圳,又美丽又干净,路上见10个,7个是年轻人,个个收拾得有模有样,脸上带着舍我其谁的神色。他开始有了笑容。他觉得他可以挑选一种不用死,却相当于死掉的办法,不用躲到什么地方想怎么死的问题了。

袁湖蛙靠打工读完两个技能班,19岁揣着中级证进了酒楼,憋着劲从传菜配菜做起,很快做到第一份炒勺,24岁考下高级证,再过6年就能考技师了。

袁湖蛙没有告诉师傅,他的人生楷模并不是师傅,而是"地狱厨师"戈登·拉姆齐。袁湖蛙比戈登·拉姆齐入行早3年,这样算,他会在36岁拥有9间自己的餐厅、生4个孩子、在电视台开办美食节目。

袁湖蛙把逃离鄂州这一天列入纪念日。从领薪水起,每年这一天,他都会给读中学的小妹寄6000块钱(读大学后涨到12000),奶奶寄6000,妈妈和大妹各寄1000。然后他会在游戏厅玩个通宵。

"什么时候回来呀?"妈妈每次都问。

"想都莫想。"他每次都答,然后挂断视频,继续玩。

他一辈子都不会回梁子湖,就算岳武穆在那儿训练过水军他也不回,这个他没有说。

袁湖蛙一次都没和袁午豪说过话。袁湖蛙不恨袁午豪,只可怜袁午豪,他连儿子都没有。

有一次小妹给他打电话,提到袁午豪被蟹苗场的人追债,打得鼻青脸肿。小妹在电话那头哭着说,老头迟早会醉成酒麻木,么办哪!他沉默了一会儿说,湖莲,你责任蛮大,以后瘫在床上,别人不管他,你要管他。

袁湖蛙愿意拿左胳膊发誓,他不恨袁午豪。左胳膊是他身体最值钱的部分,赌输了,他将无法在厨师这一行干下去。

小区依山而建,车库利用了山脚的空间。袁湖蛙下到4层,发现垃圾专管员大叔在那儿和一个年轻的物业管理员说着话,两个人的声音在车库里嗡嗡回响,像不安分的飞去来。

大叔说:"我们被垃圾包围了——包围了……包围了……"

那位吃了一惊:"不会吧?——不会吧……不会吧……"

"你去蛇口看过?……看过……过……"

"谁?——谁……谁……"

"蛇口港,对面是新界——界……界……"大叔耸耸鼻子,一副厌恶样子,"什么新界,臭界,垃圾山一座挨一座……一座……座座……"

那位一脸的不相信:"你说新界?——新界……界……"

"新界。"大叔肯定,"蛇口这边一样,垃圾处理站满了……了了了……"

"嚯——嚯嚯嚯……"那位脸上露出害怕的神色。

"地上看不清,上天看,一目了然。不光蛇口垃圾满了,燕罗、松岗、坪西、鸭湖、平湖、红花岭、老虎坑、清水河……"大叔像数落家里的孩子。

"家伙!……伙伙伙……"

"知道水池满了会怎么样?……么样……样……"

"往外溢?……溢溢……"

"看得身上成片起疹子,恨不能背着伞包从飞机上跳下来……来……来……"大叔挥舞手臂,像在催促机师赶紧把机头拉起来,离开现场。

袁湖蛙第一次下来抽烟时,大叔也是这套话。

大叔四十来岁,小个儿,瘦,浑身带着要尽快摆脱烦人精明劲儿的决心。袁湖蛙下车库卸家什时,他主动过来张罗,帮助袁湖蛙把厨具搬到电梯间,一边热情地和袁湖蛙攀谈。

袁湖蛙很快弄清楚，大叔是安徽霍山人，5个孩子，在坪山做工装，疫情期间开不了工，不敢闲着，跑了几天网约车，5个月前承包了半岛两个小区垃圾——他在这个小区，老婆在后山小区。

袁湖蛙从大叔那儿学到一门常识：疫情不全是坏事，垃圾分类就是利好消息，和汽车行业拖垮地球资源是坏事，特斯拉就是利好消息一样。

垃圾分类袁湖蛙知道，酒楼办过两次班，好处是减少环境污染、节省土地资源、再生资源利用、提高人价值观念，没有坏处。

袁湖蛙问大叔包一个小区能挣多少。大叔神秘地笑，意思是目光不能这么短浅，年轻人需要学的很多。但大叔很愿意开导袁湖蛙，他指点袁湖蛙注意，在财富大道上，多数人被堵在下水道里，琢磨怎么才能交够社保，原因是他们看不见一条规律，总有几条快车道突然出现在眼前，那就是翻身的机会，而目光短浅的人永远都会待在臭水沟里。

袁湖蛙不反对大叔的观点。酒楼开禁前那几个月，有的员工害怕，陆续辞工走了，等于从窨井盖掉下去，消失在下水道中。袁湖蛙不是这样的人，他坚持住了。他也知道一条规律，只要地球上还有一个人，厨师就有活下去的使命。

袁湖蛙观察大叔的工作岗位。垃圾投放点设在地下车库4层的中段,在7C-3和7C-4之间,收拾得相当整洁,并列排着玻璃、金属、塑料、纸类、织物、电器电子产品、厨余和有害物垃圾箱,一旁还有几盆住户淘汰的年花年橘和两件弃用家具。每来一位丢垃圾的住户,大叔就客客气气问好,在台账本上写下一笔,记上门牌号。

袁湖蛙注意到,大叔身边有一本《垃圾分类与垃圾治理研究》,比酒楼的《厨余垃圾处理问答》明显高档次,用笔密密麻麻画得一道一道。袁湖蛙觉得有些惭愧。

"来了?"大叔客气地和袁湖蛙打招呼。

袁湖蛙答应着,去口袋里掏烟和打火机。抽烟要卸口罩,他不打算突破社交距离。

"用不了多久,丢垃圾就得花钱。"大叔扭头和物业管理员续上话头。

"那你就挣钱了。"那位掏出手机看了一下时间。

"不像现在。"

"比现在挣得多。"

"叮当,小号袋两块。叮当,中号袋五块。叮当叮当,大号袋上秤,八块十块不等。"

"这么贵?"

"国家下了决心。"大叔一副发展改革委发言人口气。

"好日子来了。"那位又看了一下时间,打算离开。

袁湖蛙站得远远的,正吸着烟,来了个蓝色制服妇女,看一眼袁湖蛙,脸拉下来,大步走向袁湖蛙,举起手中的枪对准他脑门,吡叽一声扣动扳机。

袁湖蛙呆住,屏住呼吸听脑门上鲜血溅出的声音,没听见,看对方低头盯着屏显,醒悟过来,是体温探测器。

蓝色制服妇女脸色难看地问袁湖蛙,知不知道经济特区控制吸烟条令第二章第八条,卫健委预防控制工作指导意见第三条。袁湖蛙连忙抱歉地灭掉手中的香烟,戴上口罩。

蓝色制服妇女撇下袁湖蛙,转身去大叔和物业管理员那边,毫不客气地在两个人脑门上各补一枪,场面滑稽。

袁湖蛙听蓝色制服妇女和大叔说话,原来是垃圾分类督导检查工作。袁湖蛙觉得没趣,扭头往外走。没走几步身后吵起来,是妇女督导和大叔为报表的事情吵,物业管理员本来已经离开了,这会儿返回来劝俩人。

师傅回来还有一个多小时,袁湖蛙不急着上楼,乘7C栋4单元1号电梯上到大厅,去了庭院。

天黑了,头顶上悬着一大片钢蓝色云彩,云彩周边挂着几粒满心翘盼的星星,月亮还没出来。袁湖蛙走到无人处,回头看看,取下口罩,重新点上一支烟,狠狠吸了一口。

他吸着烟,没目的地瞎逛。

去年3月份,袁午豪感染了新冠,妈妈哭着给他打电话,要儿子回去救人。袁湖蛙回不去,就算回去也没用,他不认识分管医院床位的人。他要挂电话,妈妈说出了那个秘密:

"个死木头的苕啊,你不是他的伢!"

她以为他不知道。他7岁时就知道,他不是袁午豪亲生的。村里人知道,所以他知道。

村里人还知道一些别的事情。不光袁家。他也知道一些。他觉得豢泗镇就像一个凋敝的电游场景,不真实,还不如电游可靠。

他还知道,他和阿烟长不了。阿烟是他的第三任女友。有一段时间,他觉得她是他的亲人,他也是她的亲人。他告诉阿烟,他不是袁午豪的儿子,不知道是谁的,不想知道。但他想和阿烟结婚,她怀上他们就结,生下他们的儿子,然后他就戒烟,然后就等儿子长大。某一天,某个儿子大摇大摆掏出香烟点燃的时候,他会认真告诉儿子,他是他的儿子,他是他的爸爸。

那次,阿烟笑眯眯看他,再看别处,叹了口气,又叹了口气。他有一种感觉,这说明阿烟不是他的亲人,说明世上亲人很少。

现在,他不打算戒烟了。

小区悬在海湾上，月亮躲在云层中，他走在一条看不清前路的木栈道上，任由它引导，不知不觉，走到海边。

先闻到一股隐隐的沉香味，然后看见不远处，一片海光返照的琼台楼阁，等走到面前才看清，是座玻璃钢圆笠顶凉亭，亭围下是咕叽的海水。

稍后，看清亭子当中亮着几簇忽明忽暗的香头，沉香味来自那里。一旁玻璃钢条凳上，静静地坐着个男人，低头盯着透明的地板，似在看亭子下面涌动的海水。看不清相貌和年纪，昏暗的月光在他颧骨上衬出两朵黑云。

是礼香人。

避开已经来不及了。

"客家食府"也礼香。师傅信佛，讲行规，每天酒楼开市师傅都要上头炷香，然后转头去睡回笼觉，觉睡足起来冲凉饮早茶，抄一段《金刚经》，再来酒楼巡查。

袁湖蛙拜师那次，跪、叩首、祝师傅师母身体健康、敬茶、上礼，香是开场就要上的。

传统节日是大拜，师傅带着大伙儿拜食神，彭祖、伊尹和易牙都拜，拜过食神拜财神，武财神赵公明和关帝爷，文财神比干和范蠡，岁末年头要拜的诸仙更多，五圣、柴荣、财公财母、和合二仙、利市仙官、文昌帝君、沈万三，这些都拜，都上香。

酒楼礼香用的是杂香，拜师也是。亭子里的香，闻着是沉香。

袁湖蛙心想走错了地方。小区住户高雅，人家敬天海神，领天海之气，自己不该冒失闯来，可没等他转身离开，坐在亭子里的男人开口了：

"坐啦，呢度系公共地方嚟嘅，想食烟就食。"

本地话，他听懂了，那人让他坐，想抽烟就抽，随便。

"不了，谢谢。"他说。

"唔使惊啦，"亭子里的男人安慰他，"唔系整蛊作怪，添炷香俾上人咋。"

人家心眼好，说了原因，走反倒不礼貌。袁湖蛙索性迈脚下了台阶，进了亭子，在男子旁边斜身坐下，看清楚，亭子中间台桌上摆着礼香台，香炉下炭火暗红，三只线香在香架上袅袅燃着。

"不是节气，也上香啊？"袁湖蛙客气地问了一句。

"自己屋企嘅事，上炷香俾嗰边嘅老人。"男人起身把线香移了个风口，以免呛住袁湖蛙，移完坐下，索性把事情说清楚，"43年前，我阿爸阿妈食唔饱饭，搭船逃港，就喺呢度上嘅船。"

"这样啊。"袁湖蛙回应。

"我屋企就我一个仔，嗰阵我两岁，佢哋惊我喺海上出事，将我交俾阿伯养，话到嗰边企定脚再返嚟接我。嗰次系我最后一次见到佢哋。"

话说得轻松亲切,不像说一个别离故事。

以后就不说了。袁湖蛙不觉得要问什么,伸长脖子朝海湾里看,那里一片黑礁黑水,没看出什么名堂。两人静静地坐在那里,听脚下一阵阵潮水拍打桩子的声音。

坐了一会儿,袁湖蛙估摸时间该到了,起身冲男人点点头,离开凉亭。路上他想,世上有多少人在家里待不住,用各种方法逃出来,逃得远远的,不再现身?他还想,要不要再抽一支烟?走到大厅门口,烟也没点上。

回到25楼,没多会儿师傅也回来了。

按防疫级别规定,上门服务戴医用口罩,免了防飞沫罩,师徒俩掐着点上灶台,炉火呼呼,炙锅码味,炮凤烹龙。

辅菜归袁湖蛙,盐焗鸡、三杯鸭、红焖肉、博丸烩、炝炒大肠、爆炒牛肚岗、酿豆腐、酿凉瓜、猪油渣炒青菜、猪肉汤、艾粄和芋子包,这些他烹制。

大菜归师傅。"麒麟脱胎"定时蒸上,这会儿已烂香。"盆菜"是半成品,猪皮、猪肚、蚝豉、发菜、虾干、门鳝干、冬菇、萝卜、腐竹和鲮鱼球,码盆加热就行。

"冇睇明?"师傅码着盆,问徒弟。

"缺鲍参、鱼翅、花胶、海蟹和鱿鱼，暗淡无光。"徒弟答。

"40年前有呢啲靓菜。"师傅指点徒弟，"鸡鸭、狮头鹅、大虾同炆猪肉都净系富贵人家用得起，一般百姓家，呢啲够数喇。"

"师傅来，把今人的讲究去掉。"徒弟答。

"人哋请厨师长，就为呢个。"师傅云淡风轻一句。

徒弟点头，进屋摆桌。客户要求饭桌移进客厅，骨盘、苏菲碟、翅碗、水杯、味碟、红白酒杯、分酒器、醒酒器、长柄汤匙、筷匙架、公筷公匙、酱醋壶、椒盐瓶、毛巾托、牙签，这些全免掉。

透过长长的走廊，袁湖蛙看见走廊尽头起居室里一时多了十好几位，不知道什么时候来的。他们大多是衣着鲜亮的惨绿少年和朝气青年，有几位模样儿标致的青年妇女，各自怀里抱着黄口幼儿，围着一位温文尔雅的中年男人用本地话叽叽喳喳说着什么。中年男人背对客厅这边，看上去很和蔼，嗯嗯嗯答应这个，再嗯嗯嗯答应那个。

袁湖蛙摆好桌，回厨房。离开客厅时，中年男人恰好转过身来，似有若无朝客厅方向看了一眼。他长着一张年轻面孔，貌似娃娃脸，和年龄不相称，好像岁月出了什么问题，他被遗忘在某个时刻了。起居室光源设计得好，屋里就像白天一样自然，只是开了一只角灯，角灯的光线从侧面照过来,在中年男人颧骨上衬出两朵灰云。

袁湖蛙心里咯噔一下。

23点20分,菜品上桌。师傅先走,交代徒弟善后。平头西装年轻人过来,往师傅兜里塞了个红包,手上挂了个沉甸甸的礼品袋,客客气气送到门口。

师傅走后,平头西装年轻人回来,往袁湖蛙兜里塞了个红包,添上一盒"红河道",客气地请他去小区会所休息,特别交代,会所签过单,一小时后回来收拾东西。

袁湖蛙进厨房,汤鼎换到电炉上,脱去工作服,消毒液洗了手,退出门,卸去鞋套。

走到电梯门口,他发现电梯恢复使用了,又发现香烟和打火机忘在工作服口袋里,心里骂了声自己。

他重新戴上口罩,套上鞋套,转头回去取,忘了摁门铃,推开门,看到以下场面:

围着饭桌,十几个青年少年正纷纷往地板上跪,连抱着幼儿的妇女也腰肢摇曳地往地上跪。中年男人已经恭敬地跪在那里,仰着娃娃脸,目光在北墙两幅年轻男女的炭笔画上。

"阿爸阿妈,个仔接你哋返屋企食餐饭,个仔陪你哋,你哋慢慢食啦。"中年男人说,"你哋睇到啦,佢哋做唔到俾我哋林家冚家铲……"

袁湖蛙轻轻掩上门。熟悉的声音像消失的沉香，湮灭在门后。

他再度脱去鞋套，走进电梯，摁键，抬头看电梯间广告。他猜测身边还有谁，比如病毒，是不是它们也在上上下下，也在看着什么。

电梯下到大厅，他走进庭院，朝海边走去。

他站在海边。海潮不断拍打着滩涂。月亮从云层中钻出来了，亮煞眼，海面上银光纠缠，如同星际战争前奏。

隐隐地，他听见一艘独桅大眼渔船的3只布帆被海风牵扯着张满，在潮水裹挟中渐渐远去；又听到一辆钱江QJ150-16R型号摩托车吃力地轰鸣着，在风雪裹挟中渐渐远去。

他伸手从栈道旁的火焰花树上掐下一片冰凉的叶子，嚼在唇间，用力吸，用力吸。

2021年1月31日

于深圳听山室

后 半 夜

夜里11点差5分，安今像一只落单的海豚，从地铁12号线四海站浮出地面。站在马路边，水蕨般清瘦的他深深吸了口气，活了过来。

街上的商业门店都打烊了，便利店的灯箱成了最显眼的标志。便利店在南海大道和工业八路交汇处拐角，占着四条车辆流动线，两个地铁口，附近有工业大厦、数码大厦、科技大厦好几个商务修罗场，还有沿山社区几个大型住宅区，商圈条件相当不错，疫情不要求封门时，店里24小时不打烊，只休息大年初一一天。安今是便利店的理货员，到店里上班才半年，还没有熬到休息那天。

安今满26岁，进27。他打两份工，中午到下午在南山书城一家奶茶店跑单，夜里来便利店上班。他每天分两次睡满六小时，上午7点45分和下午7点30分各睡一次，这样就能对接上两份工的时间。他打两份工只为做一件事，走出困惑他三年的那个悠长黑洞，哪怕做不到和人交流，也待在人群中。他不能像孤独的章鱼，他必须在群体中把三个心脏八个半脑子的能量消耗掉。还有，几个月前他才确信，他不是唯一在漫长夜里行走的人，有人和他一样在夜里醒着，他必须在夜里出没，去找到他们。

安今踩着绿灯过了街口，扫场所码进店，和收银台后面的罗凤仪打了招呼，进储物间换工装和新口罩，戴上工牌,从中班韦师傅手里接过班。韦师傅叮嘱安今,出三伏了,有几款单品走量变动大,已经通知配送中心调整,让安今跟一下单。俩人交接班时,有人进店问配送车来了没,要买新上架的凉面便当,知道没来,等不及,去货架前熟门熟路移开前面的凉面,手伸进最里面取了一盒,另外打包不加奶的美式咖啡和牛角包,匆匆走掉。

安今洗抹布,整理货架,把快卖空的商品移到前面,过了保质期的商品撤架,顺手擦拭掉肉眼看不见的落尘。配送中心补货车来之前,临近保质期的货物不会撤架。员工培训时,MT讲过一个ipr故事:店里还剩下一块几分钟后就过保质期的提拉米苏蛋糕,价格和街对面高档饼店新上架的同款蛋糕一样贵。这时,一位住在附近的中年女士走进店里,直奔糕饼架取下它,去收银台立脚结账,捧着它离开。没有人知道数据系统记录下的是她的生日、她某个重要纪念日、她和前任分手纪念日、她和新男友在一起的第66天,还是她突然想要慰藉一款同病相怜的蛋糕,所以金城武才会在《重庆森林》里说那句意味深长的台词:"你有没有想过罐头(蛋糕)的感受?"

安今盘点货架时,罗凤仪没闲着,从收银台里出来,跟在安今屁股后,给他说下午发生的事情。下午来了个神经兮兮的男子,在店里玩调包,扬言是职业打假人，要求索赔。罗凤仪报了警，警方来了，结果那人是冒牌货，没钱"溜冰"才跑来讹诈的，人被警察抠住衣领还觍着脸赖着罗凤仪送包辣条做告别礼。店里常来这种人。刚开业时还遇到过组团打假，讹走了上万块钱。后来总店做培训，指导员工在顾客购物时察言观色，识别化学涂改剂，阻止自助机台拆分结账，建立黑名单制度，恶意索赔成功率就少多了。罗凤仪耸了耸肩，对安今说了句便利店语录，你永远不知道下一秒钟进来的是谁。

收拾完货架，安今去收拾堂食区。

在安今眼里，便利店适合社恐者。要知道，城市里有无数并不掌握睡眠控制器的失眠者，入睡是他们终身想要获得却总考不及格的技能——空调23℃一档风、松软枕头和大号抱枕、睡前牛奶+褪黑素+思诺思+蒸汽眼罩+海潮音乐并非万全之策，便利店堂食区是这些半球睡眠的海豚和海狗上岸呼吸的一小块濡沫之地：扫码进店，默默取货，食物加热后坐进堂食区，低头慢慢吃着，孤独自有一份暖意和味觉陪伴；如果想说话，抬头向对面那位低头默默喝着热汤的人说一声，嗨，对方回一眼，你就不再孤单了。

这会儿，堂食区坐着四位客人。一位是对面招商置业大厦的保安陈大哥，他总在不当班时来店里蹭无线网络，打一通宵"大富翁"，凌晨晃过马路去接班。一位是计师太,她是九龙人,和在港大医院当医生的计先生住邻街的四海花园,每隔几天她会来店里等配送车,买下所有过期酸奶和软包装罐头,和先生一起把食物送去大南山,喂山上的流浪猫。安今会尽量照顾她,有时候配送中心送货车来得晚,他会把到点的食物撤下架,做好登记,打包装箱,不让她在店里久等。

另外两位安今不认识。一位是带着双肩包的十来岁女孩,一位是挂着耳机的中年男子,俩人显然有某种关系,却互不搭理。女孩不断起来去糖果架取糖果,刷卡,回到堂食区,一粒粒剥了糖果恶狠狠地往嘴里塞。中年男子不看女孩,目光虚空坐在一旁,不知道在耳机里听什么。罗凤仪悄悄告诉安今,他俩是一对父女,吵了架,女儿宣布出走,背了双肩包直接来了店里,父亲跟来,也不打招呼,已经冷坐三个小时了。

安今用纸杯为四位客人送去水,请他们到靠街的窗边吧台上坐。一会儿店里有个堂食小高峰,固定客人是乘最后一班地铁回附近几个小区的乘客,还有一些刚健完身的型男型女,不固定的是消夜醉酒的人,每天总会有几个。陈大哥和计师太很配合地过去了,父亲也跟了过去,女儿不动,偏要坐在那儿,瞪着双眼皮比眼睑大的眼睛,用眼神狠狠刮了安今一下。

安今像被那目光刺了一下,一阵耳鸣,心里空荡荡的作痛。他没说话,离开堂食区,走进储物间,关上门,头顶在门上,一遍遍在心里对自己说,她瞪我不是我的错,我没有表现出粗野,我没有回妈妈的电话不是不礼貌,是不知道说什么,我现在就回堂食区,做我自己。

两分钟后,安今回到堂食区。他不看虎刺梅似的想找机会戳人的女儿,很快收拾完那里,补充好番茄酱和甜辣酱,换了新的纸巾包,然后从客人没用完的调料包里挑选出一些。他主要挑李记乐宝、周君记、日清、渝珍和野马寨牌子,挑出来收进一只干净的卡封包装袋里,和一包海大厨牌藤椒味三文鱼一起收进储物间。三文鱼刚过期,还能吃。他把精力集中在这件事上,在心里告诉自己,他在做一件有意义的事情。

两个月前,店里来了位眉清目秀的小伙,安今认识他,他是湖北孝感人,原来在同乐村经营一家美食APP推荐的网红罐藕汤店,安今在他店里吃过芝麻酱炒得喷香的全料热干面。小伙总在晚高峰时来,不买东西,帮忙收拾堂食区,这样收拾半个小时左右,问能不能带几包客人用不完的调料包走。安今一问,才知道疫情暴发后,小伙老家走了两位亲人,积蓄一下子花光了,接下来不断实行的封控政策,店里生意做不下去,只能关门。小伙欠着房租款,现在打三份工,每天一斤半中鹤挂面,伙食费控制在一块五,打算还完贷款就回家乡。

小伙问了安今一个问题,不知道什么时候才能走出黑暗。安今没法回答这话。黑暗中的事情安今知道一些，但不知道小伙说的黑暗和自己知道的黑暗有什么区别，只能告诉小伙，以后不用每天来店里了，自己替他收集调料包，他路过时带走就好。

门铃叮咚一响，夜班收银员嘀呖进来，隔着口罩笑眯眯说，我来了，然后去收银台后和罗凤仪交接。罗凤仪高兴地用《东京爱情故事》里完治说赤名莉香的那句台词说嘀呖，这个时候还精力旺盛的，除了你就是便利店了。嘀呖撒娇说，真系噶，凤仔你点解对我咁好，你好叻。嘀呖的四邑白话带着可爱的舌尖音，只是人戴着口罩，可惜了一张红扑扑的金西梅脸。

嘀呖和安今一样，也打两份工，帮男票还债。她原来是一间沙画工作室的主人，那是她的爱好，基本是男票养着她。去年男票的代工厂倒闭了，客户来不了，订单陆续撤掉，那是两代人花三十多年积累的人脉，不到三年就没了。男票撕心裂肺地哭了几场，卖掉厂房，换了防疫产品，给人做棉签棒代工，偿还家族集资，这样做有些吃力，嘀呖过不去，虽然在便利店揾十年工也凑不起债务零头，但她32了，以前不珍惜，现在不能再这样，等男票把债还清，要么俩人分手，要么把自己嫁掉，做贫贱夫妻就好。

生着一张慵散小生脸的罗凤仪就不用操这个心，27岁的他是南水村土著，家里几十年前遭遇了三件事，押地、派股、老房子被台风毁掉,这三件事都是被迫,没有一件心甘情愿,谁知道押地当了股东、派股赚了大钱、新盖的房子城市改造拿到巨额赔偿,懵懵懂懂发了财。罗凤仪的姐姐跟姐夫去了新加坡,家里就他一个男孩,爷爷奶奶不让走,他人聪明,却不是读书的料,找关系勉强混了个深职院专科,却又混出了个顽固性神经衰弱,夜里没法入睡,白天打游戏,天一黑就想和人聊天,精神头好得要命,不聊熬不过长夜。这样混了几年,出来找地方打发时间,他压根儿没指望薪水,最纠结的是不满意便利店的宗旨,"总有一家在附近",他认为应该去掉那个"一"字。

罗凤仪交接完班没走,兴奋地和嘀呖聊屏读的情绪跟踪。屏幕很聪明,特别善解人的关注点和情绪,知道人什么时候高兴,什么时候困扰,是很不错的熬夜伙伴。话题刚聊一半,雨打芭蕉似的扫码声和门铃声连续响起,进店来的人多了,是子时的第一批食客。

店里热闹起来,几个食客一边取食物一边议论专家给出的建议,经济萎靡,30岁还没经济独立的女性应该早点回到小城市和乡镇,待在父母身边,别在大城市混。罗凤仪就等这个时刻,他撇下嘀呖,参与进去,表示专家歧视男性,女性有嫁人和改嫁的翻盘机会,男性没有,劝离大城市的应该是男性。那个女儿也有点兴奋,过来买了份九生堂黑虎虾球关东煮,凑在客人中,老想接话，可惜成年人的话题她不懂，接不上。

安今忙着为客人加热食物。他知道有人把便利店当家，三餐加夜宵都在店里解决，早上牛奶咖啡三明治，中午CP三角饭团加小蛋糕甜点，晚上关东煮，来瓶清酒，贪念的是一锅热汤。在美食面前，烦恼委屈会渐渐破防，离开时什么也不带，就是人生了。这样说，便利店有点像长途泅渡中的一座小岛，茫茫人海中，总会有人把它当成续命场。

进店的客人中，有个梳大波浪长卷发的健身女孩，她看一眼安今，再看一眼，过来加安今的微信，说话间快速摘掉口罩，让安今看清她的脸。这种情况发生过几次。还有穿机车裤的女孩来买卸妆水和丝袜，直接约安今开房。安今不能说有女朋友了的话，那是敷衍，对方会纠缠不休。安今有一套话语，他会直接说自己纯1，轻S，已出柜，家有两男两犬，增肌代孕中，义工联之外不约，祝好。安今心想，不戴口罩的每张脸都是美丽的，但他说不清在漫长的黑洞旅行中，不戴口罩是否属于事故。

四月份"马勒卡"台风后，雨水多起来，八月份更是连着来了"逼芭""木兰"和"马鞍"。安今还没为客人加工完堂食，雨就下起来，雨点来得猛，打得街道作响。安今让罗凤仪接手替客人热食物，自己去门外撑檐篷。

街上车辆稀疏，偶尔有一两个行人缩着头匆匆在大雨中跑过。安今看见虾饺抱着纸箱子从地铁口出来，缩着脑袋一溜烟跑到店门口，和安今打过招呼，在檐篷下熟门熟路摆好伞箱。

安今刚到店里那阵，一到雨夜，店门口就会来两三个卖伞小贩，其中就有虾饺，伞的质量差，风大一点骨架就翻，小雨十八块，中雨二十五，暴雨三十八，特别好卖。店里也卖伞，四十五块和五十二块两种，质量不错，二三十次总能用上。有一次安今忍不住说了句，谁也不想遇上雨，别见雨就涨。虾饺不高兴，说少叽里叽啦，本人原住民，家里产业你没见过，就喜欢听雨点声，不靠这个挣钱。安今想把罗凤仪从店里拽出来，教训一下吹牛的虾饺，劝他学学广府话和客家话，不然装不成土著，但他没那么做。没想过了几天，再下雨时店门口只剩下虾饺，他成了唯一驻场伞贩，还看雨大雨小，但每把伞少卖了五块，把其他小贩挤走了。

安今从店里拿出一把伞，给虾饺撑在一边挡斜风。虾饺的伞要卖，开一把少卖一把。

安今一般不和人交流。他的情况没有人理解。他是三年前跌进黑洞的，从此没能走出黑洞。今年春节后他撑不住了，最黑暗的时候他遇到一个同类，一个比他大两岁的女孩。她和他一样，也在黑洞里潜行。她让他知道，他的敏感和脆弱不是他不好，而是人们没有可贵的目光，不懂得他，他应该原谅他们，用不着贬低自己存在的价值。

那是一个新月的后半夜，在大南山的"青青世界"，像往常一样，安今幽灵似的在"蝴蝶谷"和"侏罗纪公园"里游荡。然后他看见了她。黑暗中，她从他身边走过，没戴口罩。她看了他一眼，突然停下，转身径直走向他，伸手从他脸上摘下口罩丢在地上。安今突然有些局促不安，觉得氧气太充足，呼吸不过来，有一种强烈的窒息感。

他俩在黑暗中喘息。天气还没转暖，他和她浑身上下都被热带雨林的露水淋湿了，打着哆嗦。她说，我冷，你能抱着我吗？他照做。他感到抱着空气的一部分。她很快活回来，告诉他，"青青世界"之外还有一些和他俩一样的人，他们也在经历着地狱般的生活，她在找他们，如果遇上，不需要语言，彼此一个眼神，信心就会回来。

他不知道她是怎么认出他的。他在想，她是不是另外一个他。她从他的胳膊上感觉到了他的迟疑，要他别怀疑，一定要相信她的话。要知道，立春是唯一逃离乍暖还寒季节的时刻，新月下的天空像是打开了无数倍，不知道是她的话让它打开，还是它本来就开阔着，之前他没有发现，这使他毫无保留地相信了她的话。在做出这个决定后，他发现后半夜比白昼明亮了许多。

几天后，安今在大南山脚下找到一份便利店工作。站在店门口，能看到远处"青青世界"舞蹈着的林梢。

夜里一点过，雨没见小，配送中心的补货车来了。今天它来晚了。转点时段的堂食还没结束，安今出去接车，对货，填领货单，搬货入库，把回收货物送上车。计师太等到她要的过期食物，来时没带伞，犯愁怎么回去。安今知道她不会买店里的伞和店门口的伞，那能多买不少过期食品。安今出门把挡在虾饺腿边的伞取回来，让计师太带走，明天再送来。虾饺没说什么，反正他的伞快卖光了。

掐准了补货车来的时间，几个黑暗中的潜伏者从四处现身，刷码进店。安今这会儿忙着补货，紧俏的货卖得快，要重新陈列。罗凤仪帮着接待客人，和他们开玩笑，说幸亏这座城市有六千多家夜里不打烊的店，没有它们，夜里不想睡、不能睡或睡不着的人怎么熬得过漫长的夜晚，活到太阳升起来。

安今的心脏被罗凤仪后面那句话重重绊了一下，咯噔一响，不过好心脏像做了局麻，并不怎么疼痛，也没有不舒服的感觉。他知道它一直在受损，只是没有唤起疼点。安今不想心里咯噔，不想疼痛，不想当咸鱼，疫情恶劣也不想当，经济下行也不想当，黑洞漫漫也不想当，但他没办法，他决定不了自己的命运。谢谢"青青世界"、冷透了的她，还有热带雨林植物滴落的露水，他还能挨过一段时间。

安今留下上架的生鲜和冷冻食品,剩下的放进储物间冷藏柜,核对商品代号和售价,总店认可调价的三种货,调好打价机打标,顺便再给陈列架做一次卫生。这些事做完,再查看配送车捎来的新海报,对应着海报下旧上新。

午夜后的一段时间客人来得比较勤,大多是附近公司结束加班的白领和几家酒店临睡前想用食物找安慰的客人,还有从机场归来的旅人,回家前来店里带点东西。那以后,店里有很长一段时间安静了,偶尔有一两个客人进来,也多是买急用品。比如伞。不是遮雨用的,是另一种,夜里最好卖的除了食物就是它。每天后半夜都会有急匆匆的青年男女来店里买它,偶尔也有春风染面的老年男人。有些女孩特别较真,挑牌子,嘀呖一般会推荐杰士邦持久,不然很难坚持到疫情结束。遇到这种时候罗凤仪就起劲,热情地过来当参谋,和女孩讨论苯佐卡因 9mg 和 12mg 的优劣,总之是"不能随便"主义。罗凤仪一过来嘀呖就走开。她现在雨伞用量少到忽略不计,有点敏感到神经质。她只希望大家对疫情耐点烦,再耐点烦,别去给他人岌岌可危的情绪添最后一根稻草。

安今从窗户里看见一辆清洁车慢慢滑过大街,车后现出依大爷。老人家从四海花园那边过来,一点点挪下街口，挪过马路。安今出店，快走几步接住依大爷。依大爷咕哝着埋怨自己今天腿脚抽筋得厉害，下楼晚了。

依大爷九十多岁，是店里的常客，差不多隔几天就来店里一次，时间都卡在寅时。依大爷每次到店里都会买一元钱的东西，口罩，8张装纸巾，一元辣条，临过期的小浣熊干脆面，然后用红色侗族和瑶族妇女像的一元旧纸币结账。店里没几样一元商品，总会遇到点零头，依大爷就会掏出深棕色高山族和满族男子像的一角纸币、绿色朝鲜族和土家族姑娘像的两角纸币，紫红色藏族女子和回族男子像的五角纸币补差价。总店要求尽量不收现金，银行也通知了第四套人民币退出流通，头一两次嘀呖不肯收钱，手机刷出中国人民银行的通知和总店通知给依大爷看。依大爷不认通知，说他小时候家里用银元券，天天贬值，谁敢印出钞票又翻脸不认，他就骂谁。

中班的韦师傅悄悄告诉安今，依大爷不是一般人，他儿子是这座城市早年的建设者，当过很大的官，不知什么事判了刑，进了监狱，儿媳和孙子躲去了国外。城市基建那些年，儿子把依大爷接来，依大爷那会儿正值壮年，享不了清福，在尘土飞扬的公路边开了间杂货店，那会儿治安乱，夜里被抢了两次，留下阴影。这些年不用现金了，他担心同行的命运，隔三岔五就视察一下附近的便利店，只要能走到的店，他都去，买一元钱他根本用不上的东西，坚持了好些年。

"你们年轻，不如我聪明。强盗不走空路，他抢不到钱，插你一刀，家里老人不难过？"依大爷谆谆教导年轻同行，"这些钞票让他抢，他乐呵呵拿着钱走了，人不是安全了？"

丑时过了，罗凤仪还没走，他在等待另一个小高峰。嘀呖有点犯困，她白天帮男票跑了一趟原料，下午没睡，这会儿有点扛不住。她离开收银台去邮件架上清理快递件，是小区出远门的客人嘱咐代收的，另外记录一下附近几家托管用户的水电煤气费。有一单线上订购进来，嘀呖回收银台打了单，让安今出货送去，是附近小区的单，路不远，步行一会儿就到。

安今拎着保温箱走出便利店。雨刚停下来，空中有一些没有飞尽的雨毛毛，安今深深地吸进一口清新的空气。

安今还记得二月底和她第二次见面的事。仍是在"青青世界"，仍是后半夜。他俩像长着尖锐牙齿浑身毛茸茸的普尔加托里猴，出没于恐龙和蝴蝶的世界，在黑暗里再度相遇。她很高兴他没戴口罩，而且开始和人打交道。她问他能不能像惑龙一样叫一声，让山下灯火世界里的人们听见，这样就容易找到他们。他说不行，他个头确实高，但还没有高耸入云，也没有长尾巴，叫不出惑龙的气势。她失望地看了一眼山下，说她饿了。

他们下山，来到安今工作的便利店。她没戴口罩，也没带手机，进不了店，说不想占谁便宜。安今问她知不知道，有一种食品叫过期食品，在它面前，谁也不会占谁的便宜。安今进到店里，在储物间里翻出两份刚过期的今锦上，细心做好关东煮，头上顶了只纸箱，端着关东煮出店到了街边，纸箱放在马路上当桌子，筷子往她手里一塞，叫她尝尝他刚学会的加热手艺。她声音中透着欣喜，说你真棒，收束起两条腿，蜷坐在马路牙子上，勾下头努力咽下北极翅、甜不辣、章鱼丸和鱼籽烧，和跟出来送调料碟的罗凤仪说话，说他长得像奥雷斯特·巴尔迪尼。安今知道她是有意的，想激起他的醋意——对黑暗中的潜行者它有三种作用，激励丰富情感、建立多边社会关系、竞争。他紧挨着她，坐在那儿没有动，打心眼里感谢她那么做。而且他知道，她不戴口罩，不带手机，是在绝望地抵抗这个世界。

安今送完货回来，堂食区里只剩下那对父女。女儿趴在窗边，枕着双肩包睡着了。父亲坐在一旁在听耳机，让人猜测他是不是在获取 virus 的遗传复制密码，否则不会那么专注。安今奇怪他为何不把睡着的女儿抱回家去，如果嫌沉，储物间有把凉椅，他能帮忙。

安今接了杯直饮水给听耳机的父亲送去，顺手关上朝西的窗户。如果不闹事，店里通常不赶客人，也不问，怕没问好，问出人家的痛处。

店里最常见的就是这类呆坐客，男的女的，什么年纪的都有，坐在那儿一句话不说，水都不买一支，有的坐到安今交班还没走。有一次是一对互不相识的年轻人。女孩眼睛发直，买了个暖宝宝往脸上焐。小伙儿是个黑黝黝的青年，脸上恨恨的，一声不吭地玩一个冰河时期的僧侣模型。女孩凌晨时撑不住，趴在小伙儿身边睡着了。小伙儿脑袋一点一点地打着盹，也没忘用两只重叠的胳膊为女孩的脸挡风。

安今印象最深的是一位黑头发黑眼睛的那不勒斯中年男人。韦师傅说他来深圳十多年了，早先住在蛇口渔二村，宣称喜欢那里的云吞面，后来收养了一只残疾流浪猫，猫不适应城中村环境，他就搬进沿山社区了。通常情况下，这位卡鲁索和卡拉瓦乔的后代进店后会要个饭团，一罐低卡零糖饮料，饭团是罗森大阪烧，饮料是屈臣氏苏打黑罐，遇到打折，价钱便宜不少，他反而不要，换成肉酱意粉和椰子知道。饭团热好后，那不勒斯人坐在堂食区默默吃，吃完不会很快离开，坐在窗边安静地看外面的街道，不知道在看什么，或者守什么。

罗凤仪对罗森大阪烧和黑罐打折前后命运的私下解读是，同一种商品对不同的人有着不同的意义，如果加上不同的时间和不同的际遇，意义会更加复杂。安今听不懂罗凤仪在说什么，他觉得罗凤仪是他见过最聪明的人，反正睡眠开关坏了，不如下苦功多读读书，做个便利店哲学家。

便利店西边的沿山社区居住着这座城市里最多的外国人，差不多有上万人，他们是便利店里的常客。有一家姓赤西的大阪人，他们在沿山社区生活差不多十年了，先生是日商岩井旗下深圳航空标准件公司工程师，妻子在日贸国际做文员，两个孩子在坎特伯雷国王学校上学，老二是来蛇口后出生的。

赤西一家人是中餐控，常来店里聚餐。白天大人上班，孩子上学，周末去三水线或者燕晗山远足，一般会选择夜里来店里。安今记得，公历5月5日那天，夜里快转点时，一家人来了。赤西先生平时衣着讲究，即使七八月份炎热天气，领带也打得正正规规，那天穿着暗色的小纹和服，夫人穿素色留袖和服，两个孩子戴着武士人偶头盔，和服上贴着纸片做的铠甲装饰，手里小心地举着黑红蓝三色鲤鱼旗进了店。赤西先生担心店里对一家人的打扮意外，解释说，端午节，一家人去海边放了一天风筝，回来晚了，但绝对不会错过一顿美食，就来店里打扰了。

赤西先生那天点了传统的老四样，叉烧包、葱油饼、锅贴、卤味和乌龙茶，不过特地点了粽子和一瓶价格不菲的菊正宗。夫人往常一般要素水饺和青豆，加一杯豆浆，那天改成只要粽子，陪着丈夫饮酒。两个孩子是新派，平时总在广式腊味油饭、港式叉烧饭、鱼香肉丝饭、排骨龙虾饭、中式饭团、扁豆鸡丝炒面和捞面中欢快地打转，但麻辣烫和鸡块绝对不能少，那天也老老实实吃了粽子。

那天安今和嘀呖忙坏了，微波炉不断地"叮"来"叮"去地响，他俩小跑着把热腾腾的食物送去堂食区。罗凤仪化身领班，双手贴在大腿前，陪着赤西先生说话。赤西先生遗憾地说，可惜没有粒馅或白味噌馅柏饼，要是有该多好，然后坐直身子，严肃地对两个儿子说了几句家乡话，一家人才认真地开动起来。罗凤仪不懂日语，交流不上菖蒲和槲树叶裹柏饼的工艺，私下里猜测，日本端午节和儿童节是同一天，赤西先生在鼓励儿子勇敢面对病毒，战胜瘟疫，努力长成龙，一定是这样的话吧。平时嘀呖总爱抢白罗凤仪，那天罗凤仪说了战胜疫情的话，她没抢白，眼眶湿润地点了点头，过去用力拥抱了一下罗凤仪。

上周二后半夜，赤西一家人来了，四位都穿得很正式。进门后，夫人去货架边挑选东西，赤西和两个男孩依着高矮在一边恭恭敬敬等待。夫人选了一套粉扑和睫毛夹，一瓶轩尼诗和一套螺丝刀具，结完账，请安今帮忙包装，特别叮嘱要扎礼物结。安今把三样东西包装好，交给夫人。站在一边赤西先生这才告诉三位店员，他们一家要回国了，走前一家人来告个别，谢谢店里多年的关照。赤西先生把化妆盒、轩尼诗和螺丝刀具分别送给嘀呖、罗凤仪和安今，一家人深深鞠躬，说，七夕节快乐。

很多人都在离开，不止赤西一家。最近几个月总店调货频率高，不少为分众客户专门提供的货都在锐减，安今的计货工作也比之前琐碎了不少。安今那么想着的时候，内部网更新通知，疫情再度吃紧，总店要各店做好封店准备。嘀呖烦躁地把手机拍得啪啪响。罗凤仪说自己又要睡不着了。安今想，两位小赤西先生回国后，会不会上网课？

三月份那一周，公司在内部网中紧急通知，保质期一周内食物全部白送，员工在家静默，不许四处流动，凡感染的一律作辞退处理。安今没有恐慌，和社区上门来贴封条的人商量，店里能给人们送应急物资，能不能不关，或者晚点关。贴封条的人犹豫了一下，问两小时够不够，最多两个半小时，店门必须关。

安今没有按照总店规定办，他向总店申请看店，在最后一分钟关上店门，开通了线上订货服务，开始接附近小区的订单。封城七天，他不断从窗户进出，把配好的货送到一个个小区防疫卡口。他见不到任何求援者，他只知道黑洞无所不在，人们需要他。也许需要的不是他，而是别的什么，但那又有什么关系？他就这样在外面跑了六天三夜，直到店里的货全部送光。他不知道是什么在促使他这么做，他在做这些事情的时候，心里始终想着后半夜晶亮潆湿的大南山热带雨林。

城市重新启动后，因为被人告发违反封控管理，封城期间擅自外出，有关方面根据《治安管理处罚法》第五十条对安今处以6日拘留，并处500元罚款。拘留期满后，总店召安今谈话，详细询问过情况，通知他，他被开除了，总店依法与他解除劳动合同，并不再承担竞业禁止等相关规定，让他在除名通知书上签字，然后拿出一张招聘合格通知，告诉他，如果愿意，他可以选择重新入职，在招聘合格通知上签字，并领取500元礼金，他与原工作单位之间的劳动纠纷由他个人承担全部责任。

寅时将过，一个头发蓬乱的男子进来买红星二锅头，付了一瓶的账，非说掏了两瓶的钱，要拿走两瓶。嘀呖出示小票，回放监控视频，男子不认，吵起来。罗凤仪去帮嘀呖。男子情绪激动，酒瓶倒拎在手中，嚷嚷着说为什么谁都要欺负他，他太累了，他不想活了。

安今的心往下沉，他知道自己的情绪也上来了，但那个情绪是激动的反面。安今站在货架边，心里想着要做点什么，脚却滞在地上一动不动，就是提不起来。

坐在窗边听耳机的父亲突然取下耳机，站起来，走进货架区，从酒架上拿了一瓶同款红星，去收银台前结了账，再把酒送回酒架。男子、嘀呖和罗凤仪突然不吵了，看那位父亲，三个人很生气，都觉得自己没意思。

父亲没理嘀呖和罗凤仪，过去兄弟似的拍了拍男人的肩膀，轻言细语地说，我也累了，谁不累呢，走吧，我开车送你回家。女儿被吵醒了，一直注意着父亲，这下不干了，跑过来拉父亲，不让他送男人。这次坚持的是父亲，他让女儿继续睡，一会儿他回来接她。女儿拗不过，跑回窗边取来双肩包，牵着父亲的手，跟着出了店门，去送卸掉了情绪耷拉下脑袋的男人。

擦着出门的父女俩和男人，两个跑完最后一单的外卖骑手刷码进店，卸下脏兮兮的雨披，开玩笑问，让不让在店里睡一会儿，让就刷十块钱的觉。嘀呖快速看了罗凤仪一眼。罗凤仪咧开嘴笑着过去，问骑手要买哪种觉，早睡早起型，早睡晚起型，晚睡早起型，还是晚睡晚起型，另外，要快速眼动还是非快速眼动，后者又分浅觉和深觉，各自收费不同。两个骑手被说得尬在那儿，其中一个黯淡地抹了一把脸上的油汗，说算我们矫情吧。

抓住安今脚的地面突然松开。安今没觉得人困了想睡觉是笑话，他朝那位表情黯淡的骑手看了一眼，走过去，插到罗凤仪前面，认真对表情黯淡的骑手说，兄弟，以后累了，要说想在灯光下睡觉，那样有童话世界的感觉，有人会听懂。安今说了那话，进储物间找出两只纸盒，拆开，去堂食区铺了两张桌子，对两位骑手说，后面没有什么人来了，睡这儿吧，还能睡上两小时，口罩别摘。安今知道那位神情黯淡的骑手听懂了他的话，因为对方在微笑。

三月份封城结束后她来了一次店里，蹲在门口逗一只年幼的阿拉斯加。它被拴在门口，戴着怪异的满天星口罩。大概来到这个世界上以后，除了主人外它没有见过不戴口罩的人，警惕地和她保持着一米距离，她一接近它就挪开，两边僵持着，直到主人从店里出来，瞪她一眼，解下绳索把狗领走。

她看上去瘦得脱了水，安今决定好好喂喂她。但她和那些常来店里的女孩子不同，她们热爱美食，一般要烤牛肉辣白菜饭团、纯草沙拉和控甜酸奶，超过500卡的中餐不沾。在这方面，罗凤仪是她们的知音。作为便利店专家，罗凤仪热衷于为身材焦虑的女孩做指导。牛肉生菜沙拉加控甜酸奶加乌龙茶，36块，482卡；关东煮加零度可乐，28块，427卡；生菜黄瓜沙拉加鸡胸肉加烤牛肉辣白菜，另搭东方树叶，28块，358卡。哪款美食值得青睐，一目了然。这些都不是她的进食标准，她对所有的美食都表现出目中无物。看得出，她就是再勇敢，再所向披靡，在食物面前也没有办法做出选择。安今不问她想吃什么，他加热好深海鱼和芦笋，加一只香蕉，然后是一杯奶茶，加料布丁、芋泥、红豆、仙草、奶霜、珍珠和啵啵，端到马路边，为她铺好马路餐桌。他们是同类，对Omega-3脂肪酸、类固醇、生物碱和糖在黑暗旅行中的作用心知肚明。

马路在后半夜没有车辆通过，不会有谁来打扰，她可以守在偌大的餐桌边从容进食。安今则静静地坐在她身边，陪着她，看她把食物一口一口吃下去。安今没有告诉任何人，封城那天，他关上店门后立刻给她留言，问她需要什么，他会给她送去，无论什么都可以，无论是否要穿过病毒的阵营。她第三天才回复信息，只有两个字，不用。他知道黑夜禁令把她关住了，失去了热带雨林的她会在逼仄的房间里一点一点窒息。他本来想告诉她，在第 N 次翻窗而出时，他做了一个决定，妈妈下次再打电话来，他会接，再难都会。但他没有说。

天快亮了，大街上的车辆多起来。罗凤仪帮安今蒸包子，煮咖喱鱼丸和茶叶蛋，忙完这些他会回家。不是回家睡觉，是让父母看一眼，确定他完好无损，然后去其他地方晃荡，到下午再回便利店换班。安今和嘀呖从不知道罗凤仪何时睡觉，就像人们无法观察到牛蛙任何形式的睡眠状态。一会儿安今也会回家睡几个小时，再赶去南山书城做配送员。睡梦对他不是黑洞，是灰洞，他需要在白天的两个时段睡觉，这样可以把白天切割成可以接受的样子。

安今看了一眼外面暗淡下来的街灯，整个夜晚它们都在暴露城市的创口，也许它们觉得自己有点过分，正匆忙收拾起兴奋，让城市在熹微的光色中遮掩起伤口。

城市不总是一个面孔,而是有无数面孔,白天的城市有堂皇和盛大做掩饰,听不到夜里的哭泣,所以安今才在夜里出没。安今在门口多站了几秒钟,在心里默默和后半夜告别,和总是在后半夜才会见到的她告别。他相信她对他说的,这是每个人的城市,他能在这样的城市里寻找到无数的自己。

早班店员和假期做短工的大学生来了。安今的最后一件事是把店门口的烟头扫掉。客人爱在那里抽烟,有人抽一支,有人抽几支,彼此不说话,各想各的心思,抽完烟头就丢在脚下。其实,过街口往南走二十米就有吸烟处,但大家都不爱去那儿,那儿只有一只路灯,不如店里的灯光温馨灿烂,就像因为有她出现,安今就不会再在"青青世界"里戴上口罩了。

安今和她总共见过四面,通过379条信息。六月底她消失了。有几天,安今疯狂地找她,每天后半夜都去"青青世界",在热带雨林的露水中奔跑。安今告诉自己,她只是太累了,需要休息。他不知道她叫什么。她让他叫她姐姐。他仍然在微信里给她留言。他把微信名换成一句话,"始终相信你不是一个人"。那是她留给他最后的信息。他相信她能看见他的留言。他告诉她,他还在找那些封闭在黑暗中的人们,他已经找到11个了,和他们都打过招呼,他还会继续找。他告诉她,他在找她,他会一直找下去,直到找到她。

其实他知道她去了哪儿。

安今扫完烟头，工具收进储物间，和早班员工做完交接，这才发现，拉则姐姐没有来。

拉则姐姐是定日人，一个成功逃离黑洞的同类。为了做到这个，她坐在未婚夫贡布的摩托车后面，逃离珠穆朗玛峰脚下的嘎玛森林家乡，向着太阳升起的地方跑，直到摩托车跑散架。他们最终在南海边落脚，做跨境电商，卖虫草、雪莲花、胡黄连、尼泊尔音钵和青藏石。只要便利店开着，每天凌晨三点，拉则姐姐都会披着羊毛氆氇披肩，抱着一床彩虹色薄藏毯，准时出现在店里，用自带的木碗盛一杯奶茶坐在窗边刷屏做单，天亮后再离开。安今没有和拉则姐姐交流过秘密，但他们交换过气息，都知道对方是谁。安今纳闷，拉则姐姐眸子明亮，颧骨凸出的脸上干干净净，不像熬夜人的样子。这是黑洞旅行者的秘密。有一次安今问拉则姐姐，是不是顾客在海外，隔着时区，非要凌晨刷单。拉则姐姐说倒不是，离开喜马拉雅塔尔羊、长尾叶猴和雪豹伙伴后，贡布开始烦恼，夜里要跳一段洛谐才能入睡，她不能在贡布的舞蹈中兴奋起来，就躲出来了。

"×科千万别爆雷。"拉则姐姐平静地说，"明年年底拿到大都会收房钥匙我就生孩子。"

拉则姐姐那么说，是对安今莫大的鼓励啊，他比任何人都想看到拉则姐姐怀里抱着一个——最好几个——

有着鬈曲头发、眸子明亮、颧骨染着高原红的婴儿。

安今洗过手,脱下工装,穿回便装,换了干净口罩,离开店里。他看了一眼远处大南山"青青世界"舞蹈着的树梢,过了街口,朝地铁站走去。

安今不知道自己是什么时候患上病的。康宁医院的诊断书上写着结果,他不用看也知道那是什么。照说他这种情况不会动念去想一个人,这有悖常理,但就是有。好几次,他心里涌动着强烈的念头,想立刻见到那个比他大两岁的女孩。他非常非常想念她,唯有在想念她时,他的心才会疼痛。可是,另一个念头阻止了他——姐姐她努力了,她活过了28岁,她对他说过,一定要相信自己,他也要活到和她一样的年龄,找到更多的同伴。

安今知道很多事,还想知道更多事,他唯一无法知道的是,长夜漫漫,他还能坚持多久。

安今那么平静地想着,在人流中一点一点关上心窍,闭合上自己。水蕨一般清瘦的他站在马路边深深吸了一口气,走出几步,像一只落单的海豚,沉入地铁口通道。

2022年8月15日

于深圳聆湾轩